Chara

眠らぬ夜のギムレット

キャラ文庫

この作品はフィクションです。
実在の人物・団体・事件などにはいっさい関係ありません。

目次

眠らぬ夜のギムレット

口絵・本文イラスト／沖麻実也

眠らぬ夜のギムレット

1

夜の繁華街に立ち並ぶビル群。そのひとつに足を踏み入れた槙弥《まきや》は、目的の階でガタンと不安定に揺れて止まったエレベータから出て、あたりを見渡した。

築三十年は経っていそうなビルだ。デザインの特徴から、昭和五十年頃に建てられたビルだな、と見当をつける。すでにビル全体の設備が老朽化していることだろう。九人乗りのエレベータも油圧式ではないため、いまひとつ乗り心地がよくない。

職業柄槙弥は、築年数がどうであろうが自分とは関係ない場所に来ても、つい建物に観察眼を働かせてしまう。

赤レンガ敷《じ》きの通路を進むと、左右にドアが並んでいる。いずれもスナックのようだった。ドアを閉めていても、中からカラオケの音と共に調子はずれの親爺《おやじ》の濁声《だみごえ》、そして女たちの嬌声《きょうせい》などが漏《も》れ聞こえてくる。週末らしい賑《にぎ》わいぶりだ。

槙弥はその二軒の前を通り過ぎ、さらに奥へと進んだ。

奥にもうひとつドアがあった。

シックな黒い扉に、『BLUE』と飾り気のないアルファベットが刻まれた、燻銀《いぶしぎん》のプレートが掲げられている。

「ここか…」

槙弥は自分自身に確認させるつもりで呟《つぶや》くと、ドアを開けようと腕を伸ばした。

しかし、指が取っ手に触れるより先に、いきなり内側からドアが引かれ、槙弥は思いがけずギョッとする。

「じゃあな、瞬《しゅん》。また近いうちに寄る」

ドアを引きながら店内に顔を振り返らせて言う男の声が、槙弥の頭上でする。よく響くバリトンに、槙弥は一瞬ぞくりとした。どこかで聞いたことのありそうな声だ。舞台か映画、もしくはテレビに出演する俳優の誰かと似ているのかもしれない。

十センチの身長差に、槙弥が視線を僅《わず》かばかり上げたのと、男が首を戻して槙弥に気づいたのとが、ほぼ同時だった。

おっと、というように、男は無造作に踏み出しかけた足を止め、目の前に立つ槙弥と顔を合わせる。

――五辻紘征《いつつじこうせい》!

槙弥は目を瞠《みは》り、不意打ちに遭《あ》った驚きで息を詰めそうになった。

まさか、今夜ここに来た目的である男に、早々に出会《でくわ》すとは。

五辻の方も、何気なく流したはずの視線を槙弥の上で止め、すっと目を細くした。意志の強さを感じさせる、鋭く冴えた瞳をじっと向けられると、普段は負けん気が強くて物怖じしない槙弥も、緊張して体が硬くなる。

すごいオーラだ……。

さすがはニューヨーク帰りの新進気鋭建築デザイナー。弱冠三十二歳とは思えぬ、自信に裏打ちされた圧倒的な押しの強さが感じられる。

槙弥は、これまで自分が建設会社の営業として付き合ってきた、業界の重鎮と呼ばれるような大物建築家たちにも引けを取らない五辻の迫力に、早くも気圧《けお》されそうになっていた。

なぜか五辻は槙弥から視線を逸《そ》らさない。

何かを見定めようとするかのような、探られでもされている目つきだ。

それがいっそう槙弥を落ち着かなくさせた。まさか、槙弥がどこの誰で、何をしにここに来たのか、勘づかれたのだろうか？

いや、そんなはずはない。

五辻が槙弥を知っているなどあり得ない。

冷静になれ――槙弥が自分に言い聞かせたところで、五辻もやっと目を逸らした。

「失礼」

乾いた声をかけられる。そっけなくて、なんの感情も窺《うかが》わせない、淡々とした口調だ。さっきまであれほど不躾《ぶしつけ》に槙弥を見つめていたのが嘘のように、興味のかけらも感じさせない態度だった。

なんだったんだ、あの視線は？

槙弥は拍子抜けすると同時に、自分の目論見《もくろみ》が露見していないようだという感触を受けて取りあえず安堵《あんど》する。

「悪いが、そこをどいてくれないか」

少し苛立《いらだ》った調子で五辻が重ねて言う。

「あ、ああ……すみません」

槙弥が体を横にして除《よ》けると、五辻は「どうも」とこれまた無愛想に一声だけかけて、槙弥の前を大股に擦《す》り抜けた。

肩で風を切って歩く、という表現がこれほどぴったりの男を、槙弥は初めて見た。肩胛骨《けんこうこつ》のあたりまでざっくばらんに伸ばされた髪が、広い背中の上で揺れる。真っ黒い綿シャツの、大きく開いた襟から覗《のぞ》いていた胸板は、いかにも逞《たくま》しそうだった。堂々として不遜《ふそん》な態度といい、自尊心に溢《あふ》れた眼差しといい、いかにも天才肌のアーティストだという印象だ。

欧米人のように手足が長くてがっしりとした長身の後ろ姿を見送りながら、槙弥は先ほどとは別の不安を感じざるを得なかった。

あんな自信に満ちた、噂通りに高慢そうな男を、果たして槙弥に口説《くど》き落とせるのだろうか……?

しかし、槙弥は次の瞬間には、事に当たる前から弱気になりかけたことを恥じ、気を取り直す。

槙弥は閉まっているドアにあらためて手をかけ、思い切りよく押し開けた。

「いらっしゃい」

左手に伸びたバーカウンターの内側に立つ、カフェオレ色のシャツを着た男が、人当たりのよさそうな笑顔で出迎える。

癖のない長髪を襟足で一纏《ひとまと》めにした、いかにも夜の世界に馴染《なじ》んだふうの男だ。槙弥を見ると、おやおや、といかにも珍客が紛れ込んできたかのように揶揄《やゆ》する顔つきになる。

五辻と同じ匂いがする——槙弥はまずそんな印象を持った。

この男が、『BLUE』のオーナー兼マスター、青木《あおき》瞬に違いない。

店内には他に客の姿はなかった。

青木と話をするにはもってこいの状況だ。

槙弥は初めて訪れた店でも物怖じせず、躊躇《ためら》いのない足取りでまっすぐカウンターに歩み寄った。

「こんばんは」

親しみを込めて挨拶《あいさつ》する。

そして、青木の目の前のスツールに腰かけた。

＊

槙弥が営業部長と共に本部長室に呼ばれたのは、先月半ばのことだった。

直属の上司である課長を通り越し、本部長に直接指示を受けるのは初めてだ。いったい何事だろうと訝《いぶか》しみ、期待と不安に胸を騒がせながら本部長と相対した。

「篠崎《しのざき》くん、きみは株式会社西坂《にしざか》ビルが新宿《しんじゅく》に建設を予定している、仮称ネオ・エックス・ビルの件は知っているかね？」

「はい。もちろんです」

前置きもなく切り出した本部長の問いに、槙弥は背筋を伸ばしてはきはきと答えた。

ネオ・エックス・ビルの名が出て、槙弥の緊張はにわかに大きくなる。

ネオ・エックス・ビル・プロジェクトは、社内では通称『Xプロジェクト』と呼ばれている。最初にこの計画が浮き上がったのは、かれこれ十年近く前だ。槙弥が入社するよりずっと以前から水面下で進行していた一大プロジェクトのひとつである。もちろん社内で知らない人間はいない。

株式会社西坂ビルは、戦前からの大富豪で、都内の要所要所に不動産を山のように所有する、西坂耕平《こうへい》氏経営の貸しビル企業だ。

この西坂ビルが西新宿《にししんじゅく》に巨大複合施設ビルを建設するという計画を立てた当初から、いわゆるスーパー大手と呼ばれるゼネコン成清《なるきよ》建設も、この話に一枚嚙《か》んでいた。技術的な面での助言はもとより、行政とのやりとり、土地所有者たちとの交渉など、大手ならではの人脈と経験を使い、計画実現に向けて協力体制を敷いてきたのである。

長かった地ならしの期間が終わり、つい最近、本格的に着工の準備にかかることになったばかりで、社内はしばらくこの話題で持ちきりだった。

もし槙弥が営業としてこのプロジェクトにかかわるとすれば、これまでに手がけたうちでも、最も大がかりな仕事になる。心臓が弾んで手のひらに汗を掻《か》くのも無理からぬことだろう。

五十を超えた貫禄のある本社建築営業本部本部長は、薄く色の付いた眼鏡《めがね》越しにひたと槙弥を見据えた。本部長の座るデスクの斜め後ろに畏《かしこ》まって控えている部長は、いるのかいないのかわからないほど、影が薄く感じられる。

「きみは今年で五年目か。この秋の異動で課長補佐になったんだったね？」

「はい」

入社五年目で課長補佐は異例の抜擢だ。先月末に受けたばかりの辞令は槙弥を誇らしい気分にした。そのときの気持ちを思い出し、槙弥は胸を張って返事をしたのだが、次の本部長の言葉で、またそれか、とせっかくの意気込みに水を差された気分になった。

「お祖父様《じいさま》はお元気かな？」

「変わりなくしております」

答える口調がいささかそっけなくなる。

槙弥の祖父、篠崎勝治郎《かつじろう》は旧財閥系七曜《しちよう》グループを率いている、篠崎一門の現当主だ。七曜グループにはこの成清建設も友好企業として名を連ねている。おまけに、グループ内最大手企業である七曜重工の社長が、槙弥の父親とくれば、槙弥のバックグラウンドを気にするなという方が無理なのかもしれない。

Xプロジェクトの話で始まったかと思いきや、昇進、そして祖父のことと話題が逸れて、本部長が何を言いたいのか槙弥には今ひとつわからなくなった。

プロジェクトに参加してくれという命令ではないのだろうか。一瞬でも期待を持たされただけに、そうではないとするとがっかりだ。

ちらりと後方にいる部長の顔を窺ったが、部長は槙弥と目が合っても表情ひとつ動かさず、話の内容を承知しているのかいないのかも悟らせない。さすがは狸《たぬき》親父、と槙弥は溜息《ためいき》を吐く。

「実はな、篠崎くん」

ようやく本部長が本題に入る様子を見せた。

槙弥はあらためて気を取り直す。

「きみの力を見込んで、ぜひ果たしてもらいたいことがある」

「なんでしょうか……?」

「首を縦に振らせて協力を取り付けてもらいたい男がいるんだ」

どういう意味だ。槙弥は眉を顰《ひそ》めた。

「五辻紘征だよ、篠崎くん」

「建築家の、ですか?」

槙弥はすぐさま反応した。

「そうだ、ニューヨーク帰りの俊才建築家、五辻紘征だ」

五辻の名前を聞いた途端、槙弥は本部長が何を望んでいるのか朧気《おぼろげ》ながらに察せられた。

五辻紘征――ずっと活動拠点をニューヨークに置いてきた彼が、突然ふらりと帰国して業界に一騒動巻き起こしたのが今春だ。米国では著名な建造物を様々手がけており、いずれも高い評価を受けているが、日本国内ではまだ大きな仕事は引き受けていない。そのため、話題性を求めて、ビルやホテル、ホールなどといった、その土地の顔となるような建物の設計依頼が、各方面から殺到しているという。

「ネオ・エックス・ビルの設計をぜひ五辻紘征に依頼したい――西坂耕平氏のたってのご希望だ。西坂氏は、アメリカ各地を回って五辻氏の作品を見学してこられたほど熱心で、彼以外の設計ではビルは建てない、とまでおっしゃられている」

「はい」

槙弥はごくりと喉《のど》を鳴らした。

「すぐに我々は五辻氏と交渉に入り、何度かアポイントを取って話し合いの席を設けようとしたのだが、どうしても五辻氏を頷《うなず》かせることができずにいる。西坂氏はワンマンで知られたオーナー社長だ。話も聞かずに断られ続けるうちに、どんどん執着を増してきたらしく、とうとう五辻氏を口説けなければ、うちではなく他社に乗り換えることもあり得ると言い出す始末だ」

本部長はデスクの上でぎゅっと拳《こぶし》を握りしめる。

「ここまで来ておきながら、みすみすこれほど大きなプロジェクトを投げ出すわけにはいかない。篠崎くん、きみの力を我々に貸してくれないか」

「……祖父、ですか？」

「そうだ」

てらいもなく本部長は頷く。その目はあくまでも真剣で、背に腹は替えられない逼迫感《ひっぱくかん》が窺えた。この仕事に失敗すれば、降格されると恐れているようだ。

確かに槙弥の祖父なら五辻を動かせるかもしれない。篠崎老はＡＩＡ（アメリカ建築家協会）の理事と親しい交流がある。毎年行われている最優秀作品賞の受賞パーティーには必ず招待されて出席しており、そのたびに多額の寄付もしていた。五辻もそのＡＩＡ会員で、一度ならず三度も何かしらの賞を受けたほどだから、そこからの後押しがあれば無下には断れないだろう。

「やってみてくれるな？」

本部長に有無を言わさぬ口調で頼まれ、槙弥はぐっと全身に力を籠《こ》めた。

「わたしのやり方でよろしいですか？」

「きみのやり方、とは？」

「まず、自分の力を試したいのです。それでどうにもなりそうにないときには、必ず祖父に相談し、力になってもらいます」

本部長はあからさまに気難しげな顔になった。槙弥個人の力など最初から当てにしていない、欲しいのは篠崎老の威光だ、たぶんそれが本音なのだろう。それがまざまざとわかった槙弥は、さらに意地になった。

何かというと、いつもこれだ。

親の七光り。特別待遇。

誰も彼も槙弥が実力で現在の立場にいるとは認めない。

実際には人の何倍も努力して、篠崎の名前に頼ったことなど一度もないのに、周囲は勝手に噂するのだ。

悔しかった。

どうにかして皆と何も変わらない、同じ立場なのだと、考えをあらためてもらいたい。

「よく誤解されているようですが、うちは厳しい家庭です。なんの努力もなしに頼み事をしても、取り合ってはもらえません」

「自分なりに努力した後であれば手を貸してもらえると、そういうわけかね？」

「はい、その通りです」

嘘ではなかった。

本部長にもそれが伝わったのか、やがて半ば諦《あきら》めたように頷く。

「いいだろう。それではきみに任せよう」

竣工の予定日から逆算して、五辻を口説く期限は十一月いっぱいまでと念を押された。

「プロジェクトの成功はきみにかかっていると言っても過言ではない。頼んだぞ」

「わかりました」

これは願ってもないチャンスかもしれない。槙弥はそう思い、持ち前の負けん気の強さを出した。

自分の力で五辻をその気にさせてみせる。

気まぐれで、興味を惹《ひ》かれた仕事しか引き受けないと評判の五辻紘征。国内で手がけたのは、まだ自分のオフィスの設計だけで、後はもっぱら「充電期間中」「コンセプトが自分向きではない」などと言って断り倒しているらしい。

誰にも落ちない男を頷かせ、日本で初の五辻紘征建築となるランドマーク的ビルを新宿に建てられたなら、大変な話題を呼ぶだろう。

必ず落としたい。

期限まではひと月半。

部長の指示で、槙弥はそれまで手がけていたその他の仕事を、課長やもうひとりの課長補佐、そして主任以下の部下たちに割り振って任せ、Xプロジェクトの営業活動に専念することになった。

また贔屓《ひいき》が始まった、と口さがない連中が陰口を叩《たた》き、やっかんでいるようだったが、槙弥は、今に見ていろと唇を嚙《か》み、相手にせずにいた。

するべきことは山のようにある。くだらない中傷にいちいち腹を立てている暇はない。

まず、槙弥は五辻紘征という男を徹底的に調べ上げた。

プロフィールはもちろん、家族構成、友人や恋人などの人間関係、取引先との付き合い方。食べ物や持ち物などの嗜好《しこう》や趣味、休日の過ごし方といったライフスタイルも洩《も》らさない。

そうした中から、槙弥が目をつけたのは、五辻が大学時代から付き合い、今でも唯一親密に交流している友人だ。

十年あまりずっとアメリカにいた五辻が、家族以外に日本で心を許した付き合いをしているのは、六本木《ろっぽんぎ》のカクテルバーを経営するオーナー兼マスター、青木瞬だけのようだった。破天荒で我が道を行く傾向の強い五辻とそれだけ長い間付き合っているからには、青木自身、ある程度独特のキャラクターなのかもしれない。五辻にはゲイという噂もあるので、案外そういう特別な仲とも考えられる。

誰の意見にも耳を貸さないとされている五辻だが、この青木にだけは弱いのではないか。

先に青木を味方につけ、青木を通して五辻に近づけば、話くらい聞いてくれる可能性は大いにあるだろう。

槙弥はその手でいってみることにした。

青木のバー『ＢＬＵＥ』に足を向けたときには、すでに期限までひと月を切っていた。

＊

「初めて、だよね？」

青木は槙弥に二十歳前の学生に対するときのような気さくな調子で話す。

「ええ」

内心少々むっとしたものの、ここは目的のためだと堪《こら》え、槙弥は愛想よく柔《やわ》らかな表情を浮かべて答えた。

昔から常に歳よりも若く見られがちな面立ちをしていることは自分でも承知しているが、あまりにも下に間違われるのは気分のいいものではない。槙弥はただでさえ細くて貧弱な体型や、白すぎる肌、女顔と評されがちな容貌にコンプレックスを持っているのだ。

それに比べれば、青木はずいぶん立派な体格をしている。すらりとしているが、付くべきところにきっちりと筋肉の付いた理想的な体型だ。おまけに顔立ちも整っている。

さっき予期せず会って、心臓が縮みそうになった五辻同様、羨望《せんぼう》を感じずにはいられない容貌の男だった。

青木はまじまじと槙弥の顔を見る。

知り合いに似た顔つきの男か女でもいて、頭の中の顔と見比べでもしているようだ。

「あの、僕の顔に何かついていますか？」

あまりにも視線が離れないので、槙弥はやんわりと青木を牽制《けんせい》した。

「……いや。きみが俺の知っている顔にあんまりそっくりだから」

やはり青木は槙弥が思った通りのことを言った。ごめん、ごめん、と不躾だったことを詫《わ》びる。

「直接の知り合いじゃないけどね。友人が大事に飾っている写真に写っている人に似ているんだ。まさか、本人じゃないよね？」

「さぁ、違うと思いますけど。僕は昔から写真嫌いで、めったなことでは写してもらわないし」

「そうだよな」

青木は肩を竦《すく》め、気を取り直した様子で槙弥にオーダーを聞く。

「さてと、何を出す？」

「ギムレット」

迷わず返した槙弥に、青木がまたもやへぇ、と意味ありげな顔をして、形のよい眉をピクリと動かす。

「ギムレットか。ますます……」

「え?」

いかにも含みのありそうな青木の言葉に、槙弥は眉根を寄せた。

なぜそういう反応をされるのか、槙弥は疑問だった。カクテルが中心のバーに来て、ギムレットという名の通ったカクテルを頼んで何が引っかかるのだろう。

変な店。いや、変な人、と心の片隅で思い、槙弥は少し不愉快になった。

「ああ、悪い。なんでもないよ」

足つきのカクテルグラスを冷蔵庫から取り出しながら、青木は悪びれずに片目を瞑《つむ》る。

「きみがますます気に入った……、そう言ったら気を悪くする?」

「いいえ、べつに」

気に入ってもらうのは願ってもないことだ。槙弥は微《かす》かな笑みを口元に浮かばせ、不快な気分を払いのけた。

あらためて首をひと巡りさせ、閑散とした店内を見渡す。

ビルの外観やエレベータや通路などの共用部分は古くて小汚いが、『ＢＬＵＥ』の店自体はきちんと綺麗《きれい》にされており、居心地のよい空間になっている。石材を張った壁にガラスの間仕切り、温かな風合いの木の床、そしてゆったり寛《くつろ》げそうなテーブル席の椅子《いす》といったように、センスの良さが表れていた。

なかなかいい店じゃないか。槙弥はそう思い、客の入りが少ないのが勿体《もったい》なくすら感じられた。

「うちはいつもこんな感じでね」

槙弥の態度を見ていて、槙弥が感じたことに気がついたらしく、青木は客足が少ないことをまったく気に留めていない様子でのんびりと言う。

「通りすがりにふらっと入ってくるようなお客はめったにいない。一番奥に店を構えているせいかな。おかげで常連客にはやる気のない店だってからかわれているよ」

軽口を叩きながらもドライジンのボトルを取り出す仕草や、生のライムを搾《しぼ》る手つきは慣れていて、淀《よど》みがない。シェイカーを振る姿も、アメリカ映画のワンシーンを見ているように決まっていた。

「カクテルは好き？　よく飲むの？」

じっと見ていたせいか、青木が興味深げに聞いてくる。

「好き……っていうか……」

槙弥は言葉を濁す。

どちらかというと洋酒をストレートで飲むよりは、カクテルの方が好きだ。営業という職業上、飲む機会も多いので、カクテルが頼める席では、昔ある男に教えてもらった通りにオーダーする習慣ができている。いずれもとても美味《おい》しくて、気に入ったからだ。

かれこれ八年ほど前の話になる。

残念ながら、そのときの男の顔は記憶から抜け落ちてしまっているが、落ち着き払った態度と低めの声だけは、かろうじて覚えている。

退屈なパーティーの席でのことだった。

後にも先にも祖父のお伴でニューヨーク市主宰の社交パーティーなどという場違いな場所に出席したのはそのときだけだ。

槙弥の思考は、あの晩の出来事のうちで記憶していることを、徐々に辿《たど》り始めていた。

＊

「きみも、ひとり？」

壁際で手持ち無沙汰《ぶさた》にしていた槙弥に声をかけてきたのは、感じのいい、よく響く声をした日本人青年だった。

先ほど正面にある舞台で何かの賞を受賞し、皆から拍手されていた青年だ。そのときまでは槙弥も祖父と一緒にいたので、前方中央付近に立って見ていた。

「学生？」

重ねて問われ、槙弥は頷く。

「日本の大学に通っているんだけど。たまたま夏期休暇の最中で、祖父に旅行がてら連れて来てもらって」

「ふうん、そうなのか」

青年は気さくな喋《しゃべ》り方と打ち解けやすい雰囲気で、ほとほとこの場に退屈し、嫌気が差しかけていた槙弥の心にするっと入り込んできた。

「俺も知り合いらしい知り合いがいないんだ。こういうしゃちほこばった格好をするのも初めてだし。でも招待されている手前、受賞式が終わったらとっとと帰るのもいささか不義理で申し訳ないだろう？　どうしたものかなと困っていたところだ」

槙弥と青年はなんとなく並んで会場内を歩き始めた。

初対面のまったく知らない人だが、ひとりでぽつんと壁際にいるよりは、彼と一緒にいて話している方が気が紛れる。時間の経つのも早かった。

「テラスで風に当たりながら話そうか」ここは少し暑い。それに俺はご婦人方の香水が苦手なんだ」

「あ、僕も」

まさしく槙弥も同感だったので、声を弾ませ賛成した。

「その前に何か飲む？」

「……ああ、僕、よくわからなくて」

実はまだ十九歳の未成年だ。

「お酒は強い方？」

「ふつう。たぶん」

「それじゃあ、この際だからいろいろ試してみればいい。カウンターにいるバーテンダーに頼めば、なんでも好きなものを作ってくれるみたいだよ」

最初はギムレット。

槙弥も彼に倣《なら》い、カクテルをオーダーすることにした。大学の友人たちともたまにコンパ等で飲む機会はあるのだが、たいていビールが中心だ。カクテルはあまり飲んだことがなかった。

ライムジュースとドライジンで作るさっぱりとしたカクテルは、槙弥の舌にぴたりと合う。

槙弥はこのカクテルが気に入った。

もう一杯同じものでも構わない気分だったが、それではつまらない、せっかくだから、と青年が「飲みやすいよ」と次に選んでくれたのが、パラダイスだ。

これはギムレットよりもっと飲みやすく、槙弥はまたまた気に入った。

カクテルを飲みながら、取り留めもない話をたくさんした。

青年は建築物の造形美には震えがくるほど感動する、と言う。槙弥はそう話す青年の、熱意の籠もる黒い瞳の輝きに魅せられた。

夢中になれるものがあることの素晴らしさを感じ、羨《うらや》ましさを覚える。早く槙弥も何かそういうものをひとつ見つけたい。

建築、というキーワードは、このとき槙弥に初めて刷り込まれたのだ。

話は尽きず、あれほど進みの遅かった時計の針は、狂っているのではと思いたくなるほど早く進んでいった。

「もう一杯だけ、何か飲む？」

「あなたと同じものでいい」

槙弥は迷わず答えていた。

彼が三杯目にしたのはグラスホッパー。お菓子のような甘さにミントの味が爽《さわ》やかに利いた、口当たりのいいカクテルだった。

それを飲んでいる最中に、ずっと他の来客たちと話をしていた祖父が槙弥を捜しに来た。

祖父は槙弥と一緒にいた青年を見ると、「どうも、どうも、おめでとう」と親しげに挨拶し、槙弥の相手をさせてすまなかったね、などと感謝していた。青年はひたすら恐縮しているようだった。槙弥の祖父が誰かわかり、驚いてもいたようだ。

そのまま槙弥は祖父に連れられて会場を後にした。パーティーはそろそろお開きになる頃で、皆、三々五々に帰り始めていたのである。

名残《なごり》惜しい気もしたが、槙弥は青年に会釈して、さようならと告げた。

以来もちろん会っていない。

＊

あのとき槙弥にずっと付き合ってくれた親切な日本人の男は、今どこでどうしているのだろう。

今でもときおりふとした拍子に思いを馳《は》せることがある。

案外、すぐ傍《そば》にいるのかもしれない、などと冗談めいたことを考え、槙弥は自分で自分のばかばかしさに失笑した。

「はい、どうぞ」

手元に滑り出されたコースターの上に、きりきりに冷えたギムレットが置かれる。

槙弥はそれを機に、ハッと我に返って目の前に立つ青木に意識を戻した。

「何か考え事でもしていた？」

青木が探るような視線を槙弥に注ぐ。

「いえ。べつに」

答えつつ、槙弥は青木が作ってくれたギムレットに手を伸ばした。霜《しも》の付いたグラスを指で挟んで持ち、唇を寄せる。

美味しい。

文句なしだ。

槙弥は店自体の雰囲気を気に入ったことと相まって、さっき感じた嫌な気分をすっかり帳消しにした。

「マスター……とお呼びしていいんですか？」

「マスターでもバーテンさんでも、青木さんでも瞬さんでも、なんなりときみのお好きなように」

青木の妙に持って回った返事に、槙弥は思わずぷっと吹き出す。なんだか芝居がかっていて、おかしかったのだ。

「笑うとは失敬な」

青木が笑顔のまま、槙弥を口ばかりに窘《たしな》める。

「まぁ、きみのような綺麗な男は仏頂面《ぶっちょうづら》をしているより笑ってくれた方が、よほど観賞のしがいがあるというものだけどね」

さらに、そう茶化して続けた。

普段はあまり容姿を褒《ほ》められても快く思わず、むしろ嫌だと感じるくらいだが、他に誰もいない静かなバーで、がっしりしたハンサムの青木に言われると、悪い気はしなかった。青木は感じたことを自然に口にするだけのようで、皮肉や羨望などをまったく含んでいないのが伝わってくるからだろう。

笑ったおかげで槙弥の心はぐっと軽くなった。いい具合に緊張が解《ほぐ》れ、青木との間の空気も、初対面のぎこちなさが和《やわ》らいだのが感じ取れた。

「さっき僕と入れ違いに出ていった人、最近注目の建築家、五辻紘征さんでしょう?」

「よく知っているな」

槙弥の問いに、青木はさして驚いたふうでもなく受け答えする。いずれ槙弥がこの話題に触れてくるのを見越していたかのような対応だ。槙弥は青木の思慮深くて何もかも見透かしているような目にひやりとしたものの、ここで退《ひ》いてはなんのために『ＢＬＵＥ』に来たのかわからない、と気持ちを奮い立たせた。今夜はカクテルを飲みに来たわけではないのだ。

五辻を懐柔するために、まずはこの青木を味方につけなければならない。槙弥がどれだけ青木の心に入り込めるかがポイントだ。

問題はどうやって青木を取り込むか——槙弥はギムレットを飲みながら、頭を悩ませた。

今夜のところは様子見をする程度にしておくつもりだったのだが、思いがけず出入り口で五辻本人と顔を合わせ、槙弥は少々動揺していた。

ある意味、話題を無理なく五辻のことに向けられて、幸運だったといえばその通りだ。青木に五辻との関係を語らせて、槙弥がそれに興味を惹かれた素振りができる。また、青木の話から、親友の彼しか知らない五辻の隠された面が明らかになり、新たに利用できる情報を得られるかもしれない。

ごく短い間に、槙弥はそういうしたたかで計算高いことまで考えた。いざとなったら使える手はすべて使うつもりだ。それを卑怯《ひきょう》だとか汚いとは思わない。得意先を料亭で接待するのと基本は同じことだ。

「実は僕、建築に興味があるんです」

槙弥はカウンターの上で両手を組み合わせ、斜め前に立っている青木を見上げた。

「ふうん？」

青木の目が面白そうな色を湛《たた》える。今ひとつ何を考えているのか摑《つか》めなくて据《す》わりの悪さを覚えたが、この場は細かなことは置いておき、話を継いだ。

「建築に、というよりも、今は、五辻さんにと言った方が正しいかな。まさか今夜ここで憧《あこが》れの人にばったり出会すなんて、びっくりしましたよ。心臓が飛び出るかと思った」

「憧れ、ねぇ……。それじゃあきみは紘征のこと、前から知っていたの？」

「前からといっても、ひときわマスコミに名前が取り沙汰され始めたここ半年来よりは少し前というくらいですけど」

「まぁそうだろうね。向こうの院を修了したときにも栄誉ある賞を受けて話題になったけど、本格的に日本でまで名前が知られ始めたのは、それこそここ一年程度のことだものね」

失礼、と槙弥に断って、青木は煙草《たばこ》を銜《くわ》え、ライターで火を点《つ》けた。ずらりと洋酒の瓶が並んだ作りつけの棚を背に、細く長い煙を吐き出す青木の仕草は決まっていた。絵になる。バーのマスターでもいいが、モデルでも十分に通用するだけの雰囲気を持っている。

槙弥は漠然と、五辻が十年以上も青木と付き合っているわけを納得した気になった。デザインからも察せられるが、五辻は洗練された機能美の中に、ちらりと遊び心というのか、ウイットを効かせたものを好む。青木がまさにそんな感じの男だった。

その青木が五辻を紘征と親しみを込めて呼ぶのを聞き、槙弥はますますいけそうだという手応えを得た心地だ。

二人がどういう関係なのか正確なところは知らないが、五辻、いや、紘征はきっと青木の言うことには耳を貸すに違いない。この一癖ありそうな青木が、一方的な振る舞いをして傍若《ぼうじゃく》無人《ぶじん》な態度を取る人間を受け入れるとは想像しがたい。紘征に対しても同じはずだ。

「マスターは以前から五辻さんとお知り合いなんですか？」

あえて知らん顔をして槙弥は聞いた。

青木は二本目の煙草に火を点けながら、「そうだねぇ」と間延びした声で言う。

「俺はあいつと大学のときからの腐れ縁。あいつ、昔からぶっきらぼうで無愛想もいいところでさ。芸術家肌の連中にはそういうの多いけど、中でもとびきり人付き合いの下手な男だった。こんなに長いこと友達やってるのなんか、きっと俺くらいのもんじゃないかな」

「でも、今でもこうやってマスターの店に飲みに来るってことは、相当信頼されているってことじゃないですか」

「そういうふうに取れないこともないね」

実はお二人は恋人同士で、特別な関係なんじゃないですか――槙弥は喉元まで出かけた質問を押し止めた。いくらなんでもいきなりそれは立ち入りすぎで失礼だ。プライバシーの侵害と青木を怒らせでもしたらまずい。

「次は何を飲む?」

話しているうちに空《あ》けてしまったグラスに視線を流しつつ、青木が聞いてきた。

例のパーティーの席上で知り合った人に勧められて以来、いつも飲むものは決まっている。ずっと通してきている習慣だった。特に意味はないのだが、そのときの楽しかった雰囲気がずっと心に残っていて、カクテルと言えば、最初にそれが浮かぶ。今はもう顔も覚えていない、その場限りの見知らぬ人との思い出だ。よくよく考えてみると、名前すら忘れている。槙弥の将来にかなりの影響を与えてくれた男だというのに、我ながら不可思議なものだ。カクテルだけが、ときおり槙弥にあの夜の記憶を取り戻させた。

「パラダイス」

槙弥がそう頼むと、青木は我が意を得たりとばかりに唇の端を吊《つ》り上げた。

「たぶんそうくると思った」

まさかだろう。槙弥は青木に冗談を言われたのだと思い、苦笑して受け流す。

カクテルの種類は現在二万種を超えるという。その中でもよく飲まれるカクテルは百種類ほどにまで狭められるかもしれないが、初めて向き合った客が二杯目に何をオーダーするのかぴたりと当てるのは、そう簡単なことではないはずだ。

「それじゃあ、その次に僕が頼むつもりのカクテル、わかります？」

悪戯《いたずら》心を出し、槙弥は青木にクイズ感覚で質問した。

「きみの三杯目は寝る前のナイトキャップだろう。爽やかな後味で尚かつまったりした飲み口のグラスホッパー……違う？」

「嘘！」

今度こそ槙弥もまともに目を丸くして、思わず叫んでしまった。

「当たり？」

「……当たりです」

悔しいが、違うとは否定できなかった。信じられない。まさか当てられるとは想像しておらず、頭が混乱する。

「マスターもしかして僕の心が読めるわけじゃないですよね？」

ばかばかしいとは承知だが、槙弥はあまりにも驚いたので、聞かずにはいられなかった。

ははは、と青木が天井を振り仰いで笑う。

「きみは素直で可愛いね」

可愛い？

そんなふうに言われるのは初めてだ。槙弥は戸惑いながら、唇を尖《とが》らせた。初めにも感じたが、どうやら青木は槙弥の歳をずいぶん誤解しているようだ。

「あの。僕はこれでも二十七歳になるんですけど」

「きっとそれくらいだと思っていたよ」

しゃあしゃあと青木は返す。ずいぶん子供扱いされたように思うのだが、青木はまるっきり悪びれた様子もなく、槙弥は肩すかしを食らった気分だった。

御せない。紘征同様、やはり一筋縄ではいきそうにないと唇を嚙みしめる。焦《あせ》らずにじっくりと攻めなければならないようだ。

時間が足りないという不安を抑え、槙弥はいつもの習慣通り、三杯目のグラスを空けた時点で会計を頼んだ。

「またおいで。きみさえよかったら」

「ええ。僕の好み、もうマスターには覚えられてしまいましたしね」

「ここに来ていれば、そのうち紘征とまた会えるかもしれないよ」

いきなりここで紘征の名を出され、槙弥はドキリとした。

動揺を顔に出してはいけない。

槙弥は必死に心を落ち着かせ、さらりとした口調で紘征のことは受け流した。

「でも、それより僕は、なんだかマスターの方に興味が湧《わ》いてきたかも」

「……そいつは困ったな」

半分冗談、半分本気のように、青木は顔を顰《しか》める。

何が困るのか知らないが、槙弥は気に留めず、今夜一番愛想のいい、端から見たら蠱惑《こわく》的と言われたこともある笑顔を作った。

「近いうちにまた」

次は明日の夜だ。槙弥は胸の内で呟くと、一刻も早く目的を達成するために、期待を込めた流し目を青木に送り、『BLUE』を後にした。

*

実は自分は成清建設の社員で、と槙弥が青木に打ち明けたのは、『BLUE』に通い始めて三度目の夜だ。初めてドアを押した日から、ちょうど一週間が過ぎている。

すでに「瞬さん」「槙弥」と互いを自然に呼び合えるところまで打ち解けあっていた。

そろそろ目的に近づく会話を切り出してもいいだろう。いい加減、部長たちも進捗《しんちょく》状況を気にして苛立ち始めている。

「結構意外だって初対面の人には言われるんですけど」

槙弥は瞬と話すとき、少し甘えた、砕けた調子になるよう努めている。そうした方が瞬は喜ぶからだ。いつまでも他人行儀すぎるのはくすぐったい、と言われ、失礼にならない程度のラフな話し方をするようにしていた。

「成清建設か。ずいぶん大きいところに勤めているね」

何事にも基本的に淡々とした反応をする瞬は、さして驚きもせずに受け答えた。

「それできみは建築物にやたらと興味があるんだな」

「ええ。たまにすごい建物を見ると、全身に震えが走るくらいぞくぞくする」

「ははぁ。つまり、きみを興奮させるには、名建築と呼ばれる建物を見せに連れていけばいいわけだな？」

「そんな言い方したら、なんかちょっと変な想像しそう。他に含みがあるみたいで」

槙弥があえて眉を顰めて瞬を窘めるように軽く睨《にら》むと、瞬はまんざらでもなさそうに含み笑いをした。

かなり打ち解けた雰囲気になったところで、槙弥はいよいよ意を決して切り出した。

「それでね、瞬さん。何度も話したけれど、僕は本気で五辻紘征……瞬さんが言うところの、紘征さんのファンなんですよ」

「建築物好きなら、確かに紘征は気になる存在だろうなぁ」

「気になる。すごく」

　槙弥は熱を入れて訴えた。

「なぜ紘征さんは国内に自分の設計したビルを建てようという気がないのかな？　瞬さん何か知っています？　もしかして、今までずっとアメリカを舞台に活躍してきたから、日本の建築界では望むような評価が受けられないんじゃないかと憂慮しているとか……？」

「いや、あいつはそういう男じゃない」

　瞬はきっぱり否定した。

「むしろ他人の評価など鼻にもひっかけないくらい剛胆な男だよ。大卒後に渡米してあっちの大学院に留学したのは、単純に教授の強い勧めがあったからだと聞いている。あいつ、あんなふうに高飛車でぶっきらぼうな態度を取ってたびたび周囲を困惑させているけど、昔はごくごく普通の優等生だったんだぜ。根は優しいし、意外に几帳面《きちょうめん》で義理堅い。いや、今でも本当はそうなんだけどね」

「じゃあ、条件さえ合えば、引き受けることもあるのかな？」

　槙弥はじわじわと核心に迫る。

　うーん、と瞬は難しげに顔を顰めた。

「どうなのかねぇ。紘征はね、大きなプロジェクトを引き受けると、しばらくそれにかかり切りにならなくちゃいけないのが苦痛らしいんだよ。なにせ、気分屋の男だからな。弟子をなかなか取りたがらないから、知名度の割りにスタッフの数も少ないしね。そうするとやはり、よほど気に入った仕事でない限りは乗らないだろう」

「でも、瞬さんも見たくないですか？　紘征さんが日本で初めて手がける複合施設ビル」

「なに、それ？　そんな話があるわけ？」

槙弥がわざとちらりと洩らした言葉に、瞬は好奇心を見せてきた。いい感触だ。槙弥は心の中でうっすらほくそ笑む。

「一般にはまだ知られてないんですけど」

さらに気を引こうと思わせぶりに言う。

「西新宿に株式会社西坂ビルが、かなり大がかりな超高層の複合施設ビルの建設計画を進めているんです。そのプロジェクトに紘征さんの名前が挙がったときにはわくわくしたんだけれど、あいにくご本人がまったく関心を示さないらしくて、簡単には実現しそうにないみたい。残念で仕方がないな。もし紘征さんがやる気になってくれたら、新宿の摩天楼《まてんろう》群に五辻紘征の国内最初のビルが加わるんですよ。僕は考えるだけで胸が躍《おど》るけれど」

「まぁ確かにね」

瞬は考え深げに受けて、シェイカーに入れた槙弥のための三杯目のカクテルを、相変わらず惚れ惚れするような音と姿で振り始めた。

槙弥の手元に用意されていた霜の付いたグラスに、パステルグリーン色をしたとろみのある酒が注がれる。今夜最後の一杯だ。

「一度……瞬さんから紘征さんに、勧めてみてくれません？」

グラスの足に触れながら、槙弥は瞬に最後の一押しを試みた。

渋い顔をされるか、まぁいいけれどと取りあえず引き受けてくれるか――槙弥にはどちらとも判断がつきかねた。紘征が変わり者なのは十分知っているが、親友である瞬も、それに負けず、予想外の反応を示すことが多い人なのだ。

「そうだねぇ」

瞬はすぐには答えず、躊躇うというより勿体つけるように言葉を濁らせる。

槙弥は思わず力を込めた眼差しで瞬を見た。イエスと返事をしてくれ。祈るような気持ちになる。

目が合うと、瞬はにこりと笑う。

どこかからかわれているような気にさせられる、笑顔。槙弥は気が抜けず、全身を緊張させて言葉の続きを待った。

「きみの言う通り、俺も紘征が日本に建てたビルを見たい気持ちは人一倍あるよ。しかし、きみの話を聞けば、紘征は打診をされてすでに断った仕事なんだろう？　それだと俺が勧めたところで、ちょっと難しいんじゃないかと思うな。こうと決めたら梃子《てこ》でも動かせないところのある男だから」

「でも、瞬さんの意見には、他の誰が言うよりも耳を貸してくれる気がするんだけれど」

「うーん……」

瞬は腕組みをして目を閉じてしまった。

槙弥はしばらく固唾《かたず》を呑《の》む気持ちで瞬の気難しげな顔を見つめていたのだが、目を閉じたままの瞬に、「冷えているうちにお飲みよ」とカクテルのことを促《うなが》され、はっとしてグラスに口を付けた。瞬がせっかく作ってくれたグラスホッパーだ。ぬるくなるまで放置しておいたら、瞬もいい気はしないだろう。

甘くてペパーミントの味が爽やかなカクテルをいつもより速いピッチで飲み終えた頃、ようやく瞬が腕組みを解く。

「オーケー、槙弥」

瞬はカウンターに腕をつき、槙弥の耳元に顔を寄せてきた。

一瞬ギクリとして身を引きかけたが、思い直してそのままの姿勢でいる。

今夜もまた他に客の姿はない。いったいこの店は本気で営業する気があるのかと問い質《ただ》したくなるほどの閑散ぶりだ。

いつもと違う雰囲気に体を竦ませる槙弥のすぐ耳元で瞬が囁《ささや》く。

「その代わりさ……」

耳朶《じだ》に熱い息がかかり、槙弥はひくっと顎《あご》を震わせた。こんなに近くで誰かと言葉を交わし合うことなど、通常はめったにない。体がカチカチに強張《こわば》った。

「槙弥？」

「は、はい……？」

「キスさせて欲しいな、きみに」

「えっ？」

思いも寄らぬことを言い出され、槙弥は面食らって狼狽《うろた》えた。

キスなど、ここしばらくしていない。最後の彼女と別れて以来だ。もう三年になる。学生時代から付き合っていた彼女とはいくところまでいっていた。しかし、槙弥が仕事にばかり熱中し始めたのを不満に感じた彼女の方から別れを切り出され、あっさりと終わったのだ。

「イヤ？」

重ねて聞かれて槙弥は返事に詰まる。

嫌と突っぱねれば、瞬は槙弥の望みを聞いてくれないつもりだろう。それは困る。ここまで来ておいて、今さら引き返せはしない。

「嫌じゃない、けど」

「槙弥」

可愛《かわい》い、と囁くなり、瞬の唇が槙弥の唇に重ねられていた。

あっという間の出来事で、槙弥の頭の中はいっきに真っ白になって消し飛んだ。

キスはほんの短い、単に触れるだけの、挨拶程度のものだった。

気がつくと、顔を離した瞬に上気した頬《ほお》を指で撫《な》でられている。

「ふふ、本当にきみは可愛くて綺麗だ」

「瞬さん。約束は……？」

「もちろん守る。今夜にでも紘征に連絡をつけてあげるよ。ただし、なるべく彼をその気にさせるようには話すけれど、確約はできない。それは了解しておいてくれるな？」

「ええ」

まだキスの余韻で頭をぼやけさせたまま、槙弥は頷いた。キスそのものは軽いものだったのだが、それよりも槙弥は、自分が男同士のキスを嫌悪せず、むしろ気持ちよかったと思っていることに驚いていたのだ。今まで知らなかった世界と自分に対面した気分だ。

「早ければ、明後日にはなんらかの返事ができるだろう」

槙弥は瞬の真摯《しんし》な言葉に勇気づけられ、とにかく任せて結果を待つことにした。

いよいよここまで漕《こ》ぎつけた。

できれば瞬の言葉で紘征がその気になってくれればいい。さすがにそこまでは無理だとしても、せめて話だけでも聞いてやろうと思ってくれれば、後はまた別の方向から攻める手も考え出せるだろう。

現時点では限りなくゼロに近い可能性を、十でも二十でもいいから引き上げること。それが目下のところ会社が槙弥に期待している最低限の役割だ。本部長からも、せめてきっかけだけでも、とはっきり頼まれている。とりつく島もない現況をなんとか打破したくて、上も必死なのだ。

その晩、槙弥は瞬が紘征と話した結果をいろいろと想像し、どうなることかと胸が騒ぎ、なかなか寝つけないまま、夜を明かしてしまった。

2

瞬《しゅん》は約束通り紘征《こうせい》に話をしてくれたらしい。あらかじめ言われていた通り、まさしく二日後の昼、槙弥《まきや》は瞬からの結果報告を会社にかかってきた電話で受けた。

「紘征さんが、直接会って話を聞きたいと言っている……？　本当ですか」

もともと、いきなり紘征が瞬の勧めだけで気軽に「それじゃあ」と了解するとは思っていなかった。こちらとコンタクトを取ってくれる気持ちにさせればまず成功。そう踏まえていたのである。

待ち望んでいた返事ではあったのだが、いざ現実となると、あまりにも都合よく事が運びすぎている気がして、すんなりと信じられなかった。

あれほど頑《かたく》なで、重役たちはもちろん、施主の西坂《にしざか》氏直々の依頼をもすげなく断り続けていたはずの五辻《いつつじ》紘征が、こうもあっさり手のひらを返すとは、どういう心境の変化なのだろう。

それだけ青木《あおき》瞬との仲が親密ということなのか。槙弥は今ひとつ納得のいきかねる心地で受話器を握りしめた。愛や恋といった甘ったるい感情で容易《たやす》く動く男ではない印象を持っていたせいだ。

何か裏があるのではないだろうか。

槙弥は薄氷の上を歩いている心地で用心深く頭を巡らせた。しかし、まだ一度も直接会って話したことのない紘征の真意を推察するなど、しょせん無理な話だ。

とにかくここは、瞬の力がうまく働いたと信じ、先に進むしかない。あれこれ考えるのは紘征と会ってからだ。

槙弥は疑り深くなる気持ちを捨て、当初の予定通りことが運んでいるのだと喜ぶことにした。

「それで、紘征さんは弊社のどのクラスとお話しされたいとご希望なんでしょうか?」

社内だったので丁寧に伺いを立てた槙弥に、瞬の方はいつもと変わらぬ砕けた口調で『さみだよ、槙弥』と答えてきた。

「僕、ですか……?」

これは予想外の展開だ。てっきりもっと上席者と話をして、報酬や細かな条件などを詰めるつもりだろうと思っていた。槙弥では、要望を聞いても、いちいち話をいったん社に持ち帰り、上の意向を確かめてからでなければ返事ができない。つまり、話がその場でスムーズに進まない可能性が大きいのだ。その程度のことは、当然、紘征にもわかりきっているはずだ。それにもかかわらず、なぜあえて槙弥なのか。紘征の考えていることは、槙弥には理解できなかった。

本来ならば、光栄ですと喜ぶべきところなのかもしれないが、槙弥はそれどころではなく、責任の重大さに気が遠くなりそうな心地がした。これで失敗すれば、いよいよ祖父に手を合わせるしかなくなる。できればそれはしたくなかった。槙弥にも意地とプライドがあるのだ。

「わかりました」

硬い声でやっと答える。

日時はすでに紘征が決めていた。

槙弥は瞬から伝えられた待ち合わせ場所を頭の中に刻み込む。

今夜八時、ウォーターフロントに建つ超高級ホテルのラウンジで——。

今夜、なのだ。

いきなりの展開に、電話を切ってからもしばらく頭の中がぼやけたようになっていた。

夜までに、紘征と向き合って彼の心を開かせるだけの自信を持ち、どんな無理難題をふっかけられてもたじろがないように心構えしておくことができるだろうか。

無理でもやらないと。

槙弥は気力を奮い立たせた。経験の少なさは精神力でカバーするしかない。紘征は必ず二人だけで話をしたいと言ったらしい。誰にも頼れないということだ。

部長には、取りあえず、まだ交渉中だが感触は悪くない、とだけ報告した。今夜のことを話せば、ますますよけいなプレッシャーをかけられそうで、槙弥自身がそれに堪えられるかどうか、心許《こころもと》なかったのだ。

ここまで持ってこれたのは間違いなく槙弥の力だ。この調子で最後までうまくやれば、今度こそ誰にも「ああ、彼は篠崎《しのざき》一門の御曹司《おんぞうし》だから」と、さもすべてが篠崎という名前の恩恵に浴しているかのごとく言わせはしない。ばかばかしいかもしれないが、槙弥はもう、贔屓《ひいき》だとか七光りだと囁《ささや》かれることに、死ぬほどうんざりしているのだ。

今夜で交渉を決裂させるようなことにだけはしない。槙弥は繰り返し自分自身に言い聞かせた。気難しい天才肌の建築家は他にも知っている。要はポイントを摑《つか》んで的確にそこを押し、懐《ふところ》に入り込むことだ。これまでの経験から槙弥はわかっている。問題は紘征のポイントがどこにあるかということ。くれぐれも地雷を踏んではいけない。

八時十分前に、槙弥は指定されたホテルの三十六階にあるバーラウンジに着いた。

デートスポットとして人気沸騰《ふっとう》しているバーラウンジは、すでに満席に近かった。順番待ちのカップルやグループが、三組ほど出入り口の手前にいる。

槙弥は瞬に教えられた通り、予約リストを開いてカウンターに立っている女性に向かい、告げた。

「五辻さんと待ち合わせしているのですが」

「はい。承《うけたまわ》っております」

すぐに気持ちのいい笑顔が返ってきて、こちらでございます、と案内に立たれる。

槙弥は長いドレスの裾を抓《つま》んで歩く女性スタッフの後に従い、暗く照明の落とされたラウンジを、奥へと進んでいった。

連れていかれた先は、眺望の素晴らしい窓際の席だった。座り心地のよさそうなソファが窓を向いて据えてある。カップルが横並びに座って景色を見ながら語り合うのにうってつけだ。横長のテーブルの上には、低く生けられた可憐な花と火の灯《とも》されたオイルキャンドル、そして予約席の札が置かれている。

槙弥はソファの左端に座り、落ち着かない気分でスーツの袖口をずらした。

あと五分。

いや、高飛車で傲慢《ごうまん》そうな紘征のことだから、約束の時刻よりも十分くらい遅れてくるかもしれない。

そう思い、槙弥がほうっと深呼吸した途端、頭上から以前にも耳にした、響きのいいバリトンが降ってきて、槙弥は全身を稲妻に当てられたようにビクッと大きく震わせた。

「早かったんだな」

「い、五辻さん……！」

槙弥はソファから弾かれるようにして立つと、背後に立っている紘征と向き合った。

今夜も紘征は黒シャツに黒いスラックスだ。以前読んだ雑誌のインタビューに掲載されていた写真でもそうだった。趣味や嗜好《しこう》については細かく調べ上げていたが、紘征は本当に黒い服が好きらしい。

あらためて対峙《たいじ》してみると、紘征は上背があって肩幅が広く、実に逞《たくま》しくて端整な男だ。シャツの上からも発達した胸板が想像でき、同じ男として羨望《せんぼう》を感じる。

何もかも持ち合わせた、贅沢《ぜいたく》な男だと思った。

見栄えはするし実力はある。仕事にもまったく不自由していない。まさしく順風満帆な、挫《ざ》折《せつ》を知らない人生を歩んでいる人間の見本のようだ。

「一週間ほど前にも『BLUE』の前で顔を合わせたな」

紘征は槙弥を覚えていた。

ドキリと心臓が鳴る。あのとき、あれだけじろじろと見つめられたので、たぶん覚えているだろうとは思っていたが、実際に本人から告げられると、気恥ずかしい気持ちになる。

紘征の全身から放たれる強いオーラは、今夜も槙弥をたじろがせた。

さすがはH.I.フェルドマン賞を受賞して凱旋《がいせん》帰国しただけの実力者。強い自負に溢《あふ》れ、圧倒的な存在感だ。

「座らないか」

顎《あご》をしゃくり、右にずれるように促す。

「俺は自分の右側に連れがいる方が好きだ」

「あ、……はい」

柄にもなく上擦《うわず》った声で槙弥は答え、座る位置を変えて腰かける。すぐに紘征も隣に座った。

なんとも奇妙な感じだ。

まるで恋人同士のように、見事な夜景を眼下にしながら並んで座り、緊張に身を硬くする。

「飲み物は?」

「あ、すみません、気が利かなくて」

本来ならば槙弥が気遣って紘征に聞くべきところだ。よほどこの場の雰囲気に気圧《けお》されていたらしい。

「僕は、水割りか何かで……」

いくらなんでも初対面の男との商談の最中にカクテルを飲むのもどうかと思い、槙弥は遠慮した。かといってコーヒーや紅茶というのも場所柄興ざめだ。最も当たり障りのない返事をしたつもりだった。

紘征がジロリと槙弥を横目で一瞥《いちべつ》する。

「瞬の話では、きみはいつもギムレットから始めると聞いていたが、今夜は違うのか」

いくぶん不機嫌そうな声で言われたので、槙弥は困惑した。

「仕事のお話がすんでからでしたら、そうさせていただこうと思うのですが」

「なるほど、仕事の話、ね」

どうやら紘征の気分はあまりいいとは言い難いようだ。声も態度もつっけんどんで、友好的な印象のかけらも見出せない。

髪をアップにしてロングドレスを身につけたコンパニオンふうの女性がオーダーを取りに来た。

「ギムレットをふたつ」

紘征が、何度聞いても体の芯《しん》がぞくりとする美声で注文する。

えっ、と思ったが、槙弥は声にも顔つきにも何も出さなかった。最も意外だったのは、紘征自身も同じものを頼んだことだ。てっきりブランデーかウイスキーをストレートにして飲むのかと思っていた。前に瞬からちらりとそんな習慣だと聞いていたからだ。

「心配しなくても、仕事の話はすぐ終わる」

ゆっくりと足を組みながら、紘征が槙弥に言った。

どういう意味だ。

今夜はいろいろと条件の交渉をしにきたわけではなかったのか。

槙弥はおそるおそる隣に座る傲岸不遜《ごうがんふそん》な態度の男に視線を向けた。やはり、ここは慎重を期して一度上司に相談すべきだったかもしれない……。今さらながらに後悔が頭を擡《もた》げてくる。

「きみは俺に、新宿に建設される計画の、仮称ネオ・エックス・ビルのデザインを引き受けさせたがっているそうだが、本当なのか?」

「はい」

簡単な前振りに続けて、唐突に本題に入られてしまい、槙弥は慌てて気を引き締めた。

正確には槙弥個人が紘征に依頼を引き受けて欲しいというような大それた話をしているわけではなく、会社の総意を代表する形で動いているだけなのだが、ここはよけいな口を挟まぬ方が得策だと判断した。下手なことを言って紘征につむじを曲げられては、元も子もない。

「ご興味、ありませんか?」

控えめに聞いてみる。

紘征が相手だと、槙弥もいつもの営業活動の際に発揮する歯切れの良さを、思うように出し切れない。一事が万事相手の顔色を窺《うかが》ってしまう自分に、我ながらうんざりする。

今度の一件は、これまで手がけてきた中でも特に気を遣わなければならない部類の微妙な性質のものだ。認めるのは癪《しゃく》だが、たかだか入社五年目の槙弥には、正直荷が勝ちすぎているのかもしれなかった。いざというとき、経験の足りなさが不安を掻《か》き立て、槙弥を平静でいさせなくするようで、心許ない。

紘征のプロフィールが、槙弥の脳裏をざっと過《よ》ぎる。

大学の建築学科を優秀な成績で卒業後、コネチカット州ニューヘイブンにあるイェール大学大学院に留学。紘征がめきめきと頭角を現し始めたのは、その大学院に在籍中の頃からだ。大学院課程修了の際、米国建築家協会（ＡＩＡ）から学生賞を受賞したのを皮切りに、めきめきと実力を世に知らしめていく。

コンクリートとガラスを使った前衛的なデザインが本来得意だが、昨年は一転して無機質な素材の中に、障子や木の柱などといった和の要素を取り混ぜ、独創性のある和洋折衷住宅を建て、高い評価を得た。ＡＩＡのＨ.Ｉ.フェルドマン賞を受賞したのだ。

その最優秀作品賞という栄誉ある賞を手にして、それまで八年間ずっとニューヨークを活動の拠点にしてきた紘征が、今春突然帰国した。

雑誌インタビューで帰国の理由を聞かれた紘征は、『日本に大事な人がいて、少しでも傍《そば》にいたくなったから、ということにしておいてくれ』と、真実なのか適当なのかはわからないが、取りあえず答えている。インタビュアーはさらに突っ込んで大事な人とは、と聞いているが、それに対しては『ノーコメント』としていた。おそらくこれは瞬のことだろう。紘征には家族らしい家族はおらず、離婚した両親は、現在それぞれ別の家庭を持っている。兄弟はいない。紘征はそういう意味では孤独な男なのだ。

そこまで反芻《はんすう》したとき、ふと紘征がゆっくりした口調で槙弥の言葉を繰り返した。

「興味……ね」

槙弥ははっと我に返る。

「ないことも、ない」

そう言って紘征は肩を回すと、体ごと槙弥に向き直った。

「条件次第では、な」

紘征の瞳が鋭く光った気がして、槙弥は反射的に身構えた。いよいよ本題だ。知らず知らず体が強張《こわば》ってくる。怯《ひる》んでいるなどと、少しでも思われたくなくて、腰の位置はずらさない。だが、できればもっと離れておきたいのが本音だった。

「条件というのはなんでしょう?」

幸いにも声は震えなかった。

きっと無茶な条件を出してこられる。槙弥には即答しかねるような無理難題を、あえて意地悪く挙げ連ねるつもりかもしれない。

槙弥は精いっぱい平静を装う努力をする。ここでたじろいだら、紘征にばかにされ、あしらわれるだけだ。

大丈夫。よもや、紘征も槙弥を取って食いはしないだろう。毅然《きぜん》として、普段通りに営業すればいいのだ。

――しかし。

紘征は思いもかけないことを言い出した。

「俺に設計をさせたいのなら、きみが俺のものになれ。それが俺のただひとつ提示する条件だ」

「え……？」

槙弥には、紘征の言っている言葉の意味が今ひとつ把握できず、間の抜けた応答をしてしまった。

「あの、どういう意味でしょう？」

時間稼ぎでも、空惚《そらとぼ》けるわけでもなく、本気で訝《いぶか》しくて、首を傾《かし》げる。

そんな槙弥を、紘征はふんと嘲《あざけ》るように鼻で笑った。

「わからないのか。それとも、わからない振りをしているだけなのか。どっちにしろ、もっとはっきり、気取らない言葉で言い直してくれというならそうしよう。いいか、篠崎槙弥、俺が欲しいなら、俺におまえを抱かせろ。俺はさっきそう言ったんだ」

「そ、そんなこと……！」

あり得ない。槙弥は驚きと憤りに、息を詰まらせる。

「なんだ。まだやったことなかったのか、そういう接待は？　それだけ綺麗《きれい》な顔をしているからには、常套《じょうとう》手段にしているのかと思っていたが」

嫌味な口調でとんでもない邪推を投げつけられる。その上、頭のてっぺんから爪先までを、品定めするように冷めた視線で見下ろされた槙弥は、あまりの屈辱に立場も忘れ、ソファから勢いよく席を立っていた。

「きゃっ！」

ちょうど二人分のギムレットを盆に載せて運んできたところだった女性が、いきなり立ち上がった槙弥に驚いて、悲鳴を上げる。

「失礼します！」

「どこに行く、篠崎槙弥？」

「知るもんか！　あなたは最低だ！」

槙弥は完全に頭に血を昇らせていて、自分が誰に対して何を言ったのかもよく把握していなかった。

脇目《わきめ》もふらず、満席のラウンジを足早に横切る。

いざとなったら、どんな自戒の言葉も、決意も役には立たなかった。目の前が真っ暗になるような激しい怒りに、理性も何もあえなく吹き飛んでしまったのである。

悔しくて、悔しくて、胸が破裂しそうだった。こともあろうに、紘征は槙弥を男娼《だんしょう》か何かのように見なしたのだ。

——なんてやつ！

エレベータに飛び乗って、一人きりになった途端、凄《すさ》まじい憤りと恥辱を舐《な》めさせられた悔しさに、止めようもなく涙が湧《わ》いてきた。

いくら紘征の才能と名前が欲しくても、それと引き替えに身売りしろだなどと要求されるとは、思いもかけなかった。ゲイだとは知っていたが、まさかこんな無節操で享楽的な男だとは思いもよらない。もっとストイックな印象を勝手に抱いていた。ぶっきらぼうで愛想のかけらもない我が儘な男だとしても、槙弥は紘征の人間性は信じていたのだ。

それなのに……！

手ひどい裏切りに遭《あ》った気分だ。

いくら全社を挙げての重大プロジェクトを成功させるためとはいえ、よりにもよってなぜ自分が、意に添わぬ同性とのセックスを強要されるような、惨《みじ》めな立場に甘んじる必要があるだろうか。

こんなことをするのは仕事ではない。

槙弥はきつく奥歯を嚙《か》みしめた。

五辻紘征。もっとまともな神経の持ち主かと期待していたのに。ばかみたいだ。

槙弥は紘征を信じ、才能の素晴らしさもさることながら、男としても色気のある素敵な人だ、などと一瞬でも感じた自分が情けなくなってきた。

もう、なるようになれだ。

半分自棄《やけ》になった頭で、これまでの努力を打ち捨てるに等しいことを思う。

後のことは、誰か他の営業がすればいい。自分は金輪際紘征に関わるのはごめんだ。祖父の力を借りて、という線もなげうちたかった。どうせそんなことをしても、槙弥には敗北感が残されるだけだ。本部長も部長も喜んで、また槙弥は近々異例の出世をするかもしれないが、周りは「ああ」としたり顔で頷《うなず》き合い、肩を竦《すく》めるだけだ。事実、槙弥も否定できないことになる。

ふと、ことあるごとに槙弥をライバル視し、目の上のたんこぶのように嫌みばかり並べ立てる同僚、能勢《のせ》の丸顔が脳裏に浮かんだ。しかし、今はその顔に反骨心を抱く気力もない。

なんなら、能勢が槙弥の代わりにここにきて、紘征と話をすれば面白かったのだ。そんな意地悪なことを考えた。

果たして紘征は能勢にも同じことを求めたのだろうか。能勢は背丈の小さな小太りの男で、お世辞にも見栄えがする容貌とは言い難い。そういう、いつもは考えもしないことが脳裏に浮かび、槙弥は自分自身の醜悪さに、さらに落ち込んだ。

ホテルを出て、川沿いの遊歩道を涼しい秋の風に吹かれて歩くうち、槙弥はようやく冷静さを取り戻してきた。

そうすると今度は、じわじわと後悔が頭を占めてくる。

どうしよう。

取り返しのつかないことをしてしまった。

きっと今頃、紘征はあの冷淡極まりない喋《しゃべ》り方で、間を取り持つ労を執《と》ってくれた瞬に苦言の電話をしているかもしれない。

瞬にも悪いことをした。

考えれば考えるほど、居ても立ってもいられない気持ちに浸されてくる。

いっそのこと今からでもラウンジに戻ろうか、という考えまで頭を掠《かす》めたが、結局その決心もつかぬまま、普段通勤に使っている地下鉄沿線の駅に来ていた。

どうせ、すでに紘征は引き揚げているだろう。何を悔いても遅すぎる。

槙弥は再び捨て鉢《ばち》な気分になり、まもなくしてホームに滑り込んできた列車に諦観に満ちた明日が来るのがこれほど憂鬱《ゆううつ》だと感じるのは初めてだ。

気分で乗った。

＊

五辻紘征を口説くような大役は、やはり槙弥にはまだ経験が浅すぎて、まともにぶつかろうとしても無理だったのかもしれない。

かといって本部長たちが当初から希望していたように祖父を頼みの綱にするのは、槙弥自身に激しい抵抗がある。

できれば自分の力でなんとかしたかった。

しかし、いくらなんでも紘征のあの破廉恥な条件を呑《の》む謂《い》われはない。断じてないはずだ。なんとか別のことで紘征を承伏させることは無理だろうか。どこかにまだひとつくらい可能性は残されているのでは。

――槙弥は憤懣《ふんまん》と後悔と足掻《あが》きで昨晩よく眠れず、毛布を被《かぶ》って悶々《もんもん》と考え続けるはめになった。一時は捨て鉢になりながらも、結局まだ諦《あきら》めきれずにいるのだ。

なんとかしたい。

あと一度、やり直すだけの時間は、どうにか残されている。

翌朝、槙弥は腫《は》れぼったい瞼《まぶた》をしたまま出社した。

タイムカードを押してデスクに向かう足取りは、どうしても鈍くなりがちだ。

どうやってあの難しい男を攻略すればいいのだろう？

頭の中はそのことでいっぱいだった。

いくらなんでも、仕事を引き受けて欲しければ、身売りしろという交換条件を出されるとは夢にも想像しなかった。

万一これが上層部の耳に入り、紘征が槙弥を求めていると知れれば、上は大いに困惑するだろう。

特別扱い、という噂に大層迷惑している槙弥だが、実際に篠崎の名がまったく影響を及ぼしていないかどうかは、正直なところ、わからない。

祖父は成清《なるきよ》建設の大株主だ。槙弥をことのほか可愛がっていることでも有名である。

もし、紘征が槙弥の体を求めてきたことがわかれば、上は直ちに槙弥をプロジェクトから外すに決まっている。槙弥を通して祖父の力を借りるどころの話ではなくなるだろう。

だから最初から槙弥がよけいな意地を張らず、祖父に話してくれればよかったのに、と思ったとしても、後の祭りだ。

プロジェクトは暗礁に乗り上げるかもしれない。

槙弥は憂鬱な気分で考えた。

そうなれば、同じ営業部のもうひとりの課長補佐、能勢進吾《しんご》は、さぞかし溜飲《りゅういん》を下げるだろう。

能勢か……。

槙弥は苦々しい気持ちになる。

今年三十三歳の能勢は、三年前に課長補佐に昇進した男だ。出身校のランクが並外れて高い割りには、出世のスピードははかばかしくない。本人も密《ひそ》かにそのことを気にし、忸怩《じくじ》たる気分でいるようだ。

槙弥からすると、能勢は変に自尊心が強くて部下に威張り散らすばかりで、実は仕事は主任クラスほどにもできていないように思える。能勢にも槙弥がそんなふうに思っているのが薄々察せられているらしく、槙弥が主任から課長補佐になった途端、それまでにもきつめだった風当たりが、ますます強くなった。

能勢とはお世辞にもうまくいっているとは言い難い。

そんな男に「ざまぁみろ」とばかにされるのは、槙弥としても黙って聞き過ごしていられない。

能勢の前で失態は見せたくなかった。

やはりどうにかして紘征を落とし、今後一切誰にもよけいなことは言わせたくない。

槙弥は萎《しぼ》みかけていた気持ちを、負けず嫌いな性格でどうにかまた張り詰め直した。

しかし、このままでは紘征をうんと頷かせるのは難しい……。もうすでに、昨晩の一件で相当際どいところまで事態を追い込んでいるのは間違いないのだ。

早急に次の手を打たなければ、紘征は本格的に臍《へそ》を曲げ、二度と成清建設絡みの仕事は引き受けないとまで言い出すかもしれない。

そうなると、長い間施主に協力し、温めてきた新宿都心複合施設ビル建設計画は潰《つい》え、他の業者の手に渡ってしまう可能性も出てくる。なにしろ西坂耕平《こうへい》は、何が何でも設計は五辻紘征だと言い張っていて、そこから一歩も譲らないのである。そんなとき、よそが紘征を説得し、まんまと西坂と引き合わせでもしたら、ワンマン社長で知られる西坂は、義理も道理も放りだし、その企業との共同工事に強制的に切り替えさせるか、依頼先を変えるかするだろう。成清建設は大損をしてしまうことになる。

だめだ。そんなことにだけはさせられない。

槙弥はプライドと意地の間で激しい葛藤《かっとう》を強いられていた。

やはり、ここは、祖父に頼むしかないのか。瀬戸際まで来てしまっていることは間違いない。

本部長との約束も頭を掠《かす》める。

深く悩みながら席に着いた槙弥の顔は、暗く覇気《はき》をなくしていたに違いない。

「どうした、課長補佐さんよ、朝っぱらからしけた顔して?」

ズボンのポケットに左手を突っ込み、わざとらしく肩を揺らしながら、隣の島にいる能勢が槙弥の傍《かたわ》らに歩み寄ってくる。

ただでさえ気が滅入っているところに、嫌な男が絡んできて、槙弥は溜息《ためいき》を吐きたくなった。

「もしかして、例の五辻先生の件、まだもたもたやってんのか?」

肉付きのいい大福のような顔に埋もれたようになっている小さな目が、底意地悪く光っている。

「七曜《しちよう》グループのお坊ちゃま課長補佐は、さすが優雅だなぁ。経費も使い放題なんだって? やっぱ身内が会社に大きな発言権を持っていると、いろいろ得だな。庶民の俺らは羨《うらや》ましがるしかないぜ。で、どうなんだよ、実際の進捗《しんちょく》状況は?」

槙弥はぐっと体に力を込めた。

能勢にだけは負けたくない。こんな、ろくに仕事もできない男にもっともらしいことを言われ、ばかにされるのは、プライドが許さなかった。

「おかげさまで、明日にもいい結果を上に報告できそうですよ、能勢さん」

冷ややかな声で確信的に断言する。

口に出してしまってから、槙弥はこれでもう後には退《ひ》けないと、はっきり悟り、一瞬だけ後悔した。

しかし、その次の瞬間には、かえって闘志を燃やしていた。

こうなったら、何が何でも自分が責任を持って、あの傲慢極まりない厚顔無恥な天才肌の建築家を口説き落としてやる。もう一度自分の力でやってみる。祖父に泣きつくのはその後だ。

槙弥は強い気概を持ち、決意した。

自信満々の返事をした槙弥に、能勢は舌打ちせんばかりに忌々《いまいま》しそうな顔になる。

「まぁせいぜいがんばれよ。みんなあんたに期待しているんだからな」

嫌みっぽく言い捨てて離れていく。

槙弥はあれこれ悩む余裕もなく、土壇場にまで追いつめられた人間の必死さで、早速電話を引き寄せた。

朝の九時過ぎだ。

もしかすると紘征はまだオフィスに出てきていないかもしれない。コール音が聞こえ始めてからそのことに思い至ったが、意外にも電話は紘征本人が取った。

てっきり初めは秘書の女性か紘征の弟子が出るものだとばかり思っていた槙弥は、不甲斐なくも狼狽《うろた》えて、声を裏返らせてしまった。

「あ、あの、五辻先生……ですか?」

『そうだが』

「成清建設の篠崎です」

電話の向こうで紘征が息を詰めた気配があった。どうやら昨日の槙弥の態度からしても、今朝になって電話をかけてくるとは思ってもみなかったようだ。

『……何の用だ』

気を取り直したようにして問う声は、氷のように冷たい。気持ちが据わっていなかったなら、たちどころに萎縮《いしゅく》して、なんでもないと言うなり電話を切っていたところだろう。

後に退けない心境になっていた槙弥は、それよりはもう少しだけ気丈に振る舞えた。

「昨晩の無礼はお詫びします」

槙弥はしっかりとした声で、返事が返らなくとも怯《ひる》まずに続けた。

「もう一度、会っていただけませんか」

『会ってどうする』

「あらためて、先生のご希望をお聞かせ願えれば幸いです」

さらにしばらく沈黙が続く。

紘征も色々と考え、計算しているようだ。

やがて、ぶっきらぼうに、高飛車な返答があった。

『いいだろう、これが最後のチャンスだ。今夜もう一度昨夜と同じ場所に来い。時間も同じく八時だ』

「はい。ありがとうございます」

思わず声が弾んだ。

緊張して引きつっていた頬の肉もやっと緩む。

電話はそれで紘征の方から躊躇いもなく切られた。

まだ希望は絶たれていないようだ。

あと一度だけ、話を聞いてもらえるチャンスができた。

槙弥はまだ寝ること以外の条件を捻出するのを諦めていなかった。この際だから、いざとなったら篠崎の名を使うのもやぶさかではない。背に腹はかえられないの心境だ。紘征にも何かひとつくらい、槙弥の体ではなく他に欲しいものがあるだろう。

それに一縷《いちる》の望みをかけ、交渉を進めてみるつもりだ。

きっとなんとかなる。

今までも、どれほど難しい立場に置かれても、最後の最後には勝ってきたのだ。

大切なのは諦めないこと。

槙弥は大きく息を吸い込んで、気持ちを引き締めた。

＊

座り心地のよい二人掛けのソファ。ガラス越しに見下ろせる、華やかな大都会の夜景。目の前のテーブルには、きりっと冷えたギムレット。槙弥の前のグラスはほとんど手つかずのままだが、紘征が指をかけている方のグラスはすでに半分まで減っている。

時だけが二十四時間近く逆戻りしたかのように、昨日とほとんど変わらない状態で、槙弥は紘征の隣に座り、先ほどからずっと苦しげに唇を噛みしめていた。顔は伏せがちにしたままだ。

「おまえが何をどう言って俺を懐柔しようが無駄だ。俺の求める条件は、昨晩言った通り。それ以外ではノーと返事するしかない」

紘征は、かけらほどの譲歩もするつもりがないようだった。

「……なぜ、ですか。僕はゲイじゃありません。同性と……したことなどないし、たぶんあなたを満足させられませんよ」

少しでも気を抜くと、弱く崩れてしまいがちな声を、必死になって平常通りに聞こえるよう保つ。それだけで槙弥は、すでに手一杯だった。思いつく限りの駆け引きをしようと試みた挙げ句、ことごとく粉砕した後では、余裕も何も残っていない。

紘征は頑《かたく》なに槙弥だけを欲しがった。

ちょっと不思議なくらいの執着ぶりで、槙弥はなぜそれほど自分を、と訝《いぶか》しくて仕方がない。

おそらく、紘征は槙弥が嫌いなのだろう。

だから無理難題をふっかけて困らせたいのだ。恥辱を与えて跪《ひざまず》かせたいのだ。しかし、その理由にはさっぱり思い当たらない。ほとんど初対面の人間に一方的に嫌われるのは、槙弥も心外だった。

どうすればいいのか困惑しきり、黙り込んだ槙弥に、紘征はふと思い出したような唐突さで聞いてきた。

「おまえは篠崎一門のお坊ちゃまだそうだな?」

あまり触れられたくないことをここでまで持ち出され、槙弥はあからさまにムッとした表情を浮かべた。

「よくご存じですね。でも、それが何か?」

自然と声に険が混じる。さっきまでの気弱な喋り方から一転したこの物言いに、すぐ横に座っている紘征は、面白そうに含み笑いをした。

「嫌か、こういう話は？」

「今は関係ないでしょう？」

「そうだな」

棘々《とげとげ》しい調子で突っかかっていく槙弥を、紘征はあっさりとかわす。そうしておいてグラスに残っていたギムレットを綺麗に飲み干し、さりげなく不穏な空気に包まれかけた会話に間を空けた。おかげで槙弥も、気持ちを鎮める暇ができた。

こういう気の配り方をされると、槙弥も紘征を大人の男だなと思う。

不意に、ずっと以前にもこんなことがあった気がして、槙弥は懐かしさと同時にそのときの温かくて安心した雰囲気まで思い出しかけた。そうだ。あの八年前のパーティー会場でのことだ。あのとき槙弥が一緒だった男性も年上で、今のような気配りを受けてとても嬉《うれ》しかったことを覚えている。

「どうした」

記憶を辿《たど》って黙り込んだ槙弥に、紘征が静かに声をかけた。それまでのような高飛車な感じではなく、耳に優しい情の籠《こ》もる声だ。

槙弥は考え事をやめ、紘征の顔を仰ぎ見た。

こちらを覗《のぞ》き込むように見ていた紘征と視線がぶつかり合う。

間近で見ると、紘征はやはり理知的で引き締まったいい顔をしている。長く伸ばしてざっくばらんにナイフで削いだような髪も、艶やかで、つい触れてみたくなるほどだ。

「さっき、ゲイじゃないと言ったな？」

「言いましたよ」

目と目を合わせたまま、槙弥は呪文《じゅもん》にかかったように上の空で答えた。

惹《ひ》きつけられる。

なんて意志の強い、人を取り込んで自由自在に操るのも不可能ではないような目をしているのだろう。槙弥の知った中に、こんな目の男は他に思いつかない。背筋がぞわぞわしてくる。

「それじゃあなぜ瞬とキスをした？」

「え…っ？」

思いがけないことを問われ、槙弥はようやくはっきりと我に返った気分だった。夢から醒《さ》めたばかりのように二、三度瞬きし、じっとこちらを睨みつけてくる紘征の目の怖さにぎくりと身を縮めそうになる。

怒っている……？

槙弥が瞬とキスをしたことが、紘征にはひどく気に入らないらしい。

あ、と槙弥は理由に思い当たり、気まずく顔を背けた。

考えてみれば当然だ。紘征と瞬は付き合っているのだ。いわば恋人同士というわけだろう。それなのに、瞬が槙弥とキスをすれば、自尊心と自信の塊のような紘征は面白くないに決まっている。

かといって、ごめんなさいと槙弥が謝るのも癪《しゃく》だった。誘ったのは瞬だ。それも、キスをすれば紘征に話を通してくれるという、見返りの意味での取引だった。

「男同士には抵抗があると俺には言いながら、二、三度店で会って話をしただけの男には簡単に唇を許すのか。とんだ深窓のお坊ちゃまだな」

「ち、……がう!」

侮辱され、槙弥はカッと頭に血を上らせた。

今夜こそは最後まで冷静でいようと決意してきたはずだったが、紘征に皮肉られたり、辱《はずかし》められたりすると、どうにも平常心ではいられない。挑発されているのだと頭の隅ではわかっていても、紘征の思惑通り、狼狽えたり怒ったり屈辱感に震えたりしてしまう。

「おまえは生まれついての淫乱《いんらん》だ。そういう顔をしている」

「やめろ」

怒りで頭がいっぱいになり、それ以外に返す言葉が見つからない。

必死に刃向かう槙弥を、紘征はフンと冷淡極まりなく鼻であしらった。

「いつまでも勿体《もったい》ぶるな、槙弥。俺を焦らしてもいいことはない。むしろおまえの立場が悪くなるだけだ」

紘征に荒っぽく両手首を摑《つか》み取られる。

「あっ……！」

突然のことに、槙弥は息を呑んで瞳を瞠《みは》った。

「いやだ、なにを！」

「静かにしていないと、いくらここが最奥の特別シートでも、フロアの担当者が不審に思って駆けつけてくるぞ」

すでに何度となく酔わされそうになったバリトンの声で耳元に脅しの言葉を吹き込まれる。

「……あ」

槙弥は体の芯《しん》に電流を流されたように身震いし、この場に到底似つかわしくない、あえかな声を洩《も》らした。

全身から力が抜ける。

情けなく崩れかけた体を、紘征が背中に腕を回して抱き支える。逞しく、頼りがいのありそうな腕だった。

「離して、ください」

「まだ逆らうのか」

ぐっと力を込めて強く抱き竦《すく》められる。

「あ……っ」

ぴったりと体を密着させられて、槙弥は動揺して身動《みじろ》いだ。

「こんなところで！　正気ですか！」

「誰も見ない。だが、おまえがおとなしく俺に従うと約束するならば、下に予約してある部屋に連れていってやる」

「い、嫌だ」

槙弥は恐々として身を竦ませた。

「いい加減、覚悟を決めたらどうなんだ」

紘征が呆《あき》れた口調で言う。

「今夜もう一度会ってくれと言ってきたのはおまえだ。おまえは自分で進んでここに来たんだろうが。それも、こうなるとわかった上でだ。違うか？」

「違う。僕はただ話し合いたかっただけだ。でも、あなたは最初から僕の話など聞く耳を持たなかった！」

「だから俺は何度も言った。どんな代案も受け入れられないとな」

ぴしゃりとはねつけるように断じられ、槙弥は絶望に打ち拉《ひし》がれた。

「……あなたは、僕のような人間が、きっと無条件に憎いんだ……」

そうだとしか思えない。

紘征は答えなかった。

返事の代わりに、伏せた槙弥の顔を指で上げさせて、おもむろに唇を寄せてきた。

「やっ、何を……っ！」

慌てて首を背け、頭を後ろに反らせかけたが、顎《あご》を摑み取られて引き戻され、すかさず口を塞がれた。

「……んんっ」

柔らかな唇と唇が触れ合う。その感触は、瞬としたこの前のキスとは比べものにならないほど妖《あや》しく淫靡《いんび》な印象だった。

何が違うのかは見当もつかない。ただ、確かに瞬との時にはこれほど心臓が鼓動を激しくしなかった。挨拶《あいさつ》程度のキスという域をはみ出してはいなかったと思う。

「や……めて……」

チュッ、と淫靡な音をたて、口唇を吸い上げられる。

こんな場所で——。

槙弥は眩暈《めまい》を起こしそうになる。

紘征は信じられないほど大胆だ。隠そうという気もなければ、遠慮する必要も感じていないようだ。まさしく傍若無人だった。

尖《とが》らせた舌先で唇の合わせ目をなぞられたとき、槙弥は「これ以上はっ……！」と渾身《こんしん》の力を込めて抗《あらが》った。

紘征がフッと苦笑しながら槙弥に密着させていた体を離す。

どうにか紘征から逃れられ、槙弥は安堵《あんど》して大きく息を吐き、ソファの背凭《せもた》れにぐったりと体を預けた。

「続きは部屋でしてやろう」

いったん退いておきながらも、許すつもりはなかったらしい。当然のように言う紘征に、槙弥は逆らう気力をなくしていた。どれほど抵抗したところで無駄だと、たった今つくづく思い知らされたばかりだ。もういい、好きにしろ、と諦観で満たされる。

「そうやって諦めの境地で気怠《けだる》げにしているのも、妙に色っぽいな」

紘征がまんざら冗談でもなさそうに槙弥をからかう。

「俺は綺麗な男が好きだ」

「僕はべつに綺麗じゃない」

「なら、俺は蓼食《たで》う虫というやつなんだろう」

　ぐいっと腕を引かれ、槙弥はソファから立たされた。

「とにかく、俺が欲しいのはおまえだけだ」

　言葉だけを聞いていると、まるで熱烈に愛されている気分だ。いつどこから誰に見咎《みとが》められるとも知れない公共の場所でされた濃厚なキスのせいで、まだ頭が少し朦朧《もうろう》としているせいかもしれない。

「安心しろ。ただでおまえを抱くとは言わない。約束は守る」

　約束、と聞いて、槙弥ははっとする。

「本当……？」

　最後の砦《とりで》を死守する心境で念を押す。

「ああ」

「それではここから出たらすぐ、ビルの設計を引き受けると、弊社の営業部長に電話を入れてください。部長の携帯電話の番号をお教えします」

「いいだろう。槙弥、おまえも案外抜け目のない男だな。世俗にまみれたことのなさそうな可愛い顔をしているが、仕事に関してはお世辞にも可愛げがあるとは言い難い」

「……よけいなお世話です」

槙弥はプイと顔を背けた。

誰のせいでこんな可愛げのないまねをしなければならないと思っているのだ。できることならそう詰《なじ》ってやりたかったが、ここは堪えた。

バーラウンジを出たところで、紘征は槙弥の求めに応じて営業部長に電話して、はっきりと仕事の依頼を受けると言った。

——これでいい。

傍らで聞きながら、槙弥はほうっと深い息を吐き、取りあえず安堵した。

「さぁ、次はおまえが約束を果たす番だ」

パチリと携帯電話をたたんだ紘征が、獲物を逃すまいとする鷹《たか》のような目で槙弥を見据える。

槙弥は喉《のど》を鳴らし、覚束なげに目を伏せた。

初めてだ。

傲慢で高飛車で嫌みな男だが、嫌いなのかというと、そんなわけでもない。少なくとも生理的な嫌悪感はなかった。それはキスをされたとき、確信した。

虫酸が走るほど嫌とは思わないが、怖くて不安なのは事実だ。

このまま黙って紘征の言いなりになるのも悔しい。

「瞬さんは、承知しているんですか?」

ちゃんと恋人がいるくせに、という苛立《いらだ》ちにも似た気持ちが頭を擡《もた》げてきて、槙弥は紘征の不義理さを咎《とが》める口調で聞いてみた。

「あいつは関係ない」

紘征の返事はあまりにも冷ややかで、本気でそう思っているのが伝わってきた。

——嫌な男！

こんな男に惚れたら、ばかをみるだけだ。

絶対に気持ちまでは攫《さら》われないようにしなければ。

なぜか槙弥は、まるでこの先自分が紘征に心を奪われるという予感でもするかのように自分を律していた。

初めての経験に破鐘《われがね》のように鳴る心臓を持て余しながら、紘征の背中についていき、客室へと向かう。

今夜を限りに自分がこれまでとは別のものに作り替えられようとしている気がして、槙弥はどうしても落ち着けなかった。

シャワーを浴びたい、と縋《すが》るような気持ちで槙弥が頼むと、紘征は意外にあっさり承知した。ここまで来たら逃げられない。

槙弥は唇を嚙みしめる。

＊

往生際の悪い時間稼ぎだと思われるのは癪だったので、手早く汗を流し、バスルームの棚に畳《たた》んで用意されているバスローブだけ身につけ、部屋に戻った。

紘征は窓際のオットマン付き安楽椅子《いす》に足を投げ出して座り、夜景を眺めていたようだ。槙弥に気づくと振り返り、傲慢に顎でベッドを示す。そこに寝ろ、ということだ。

途方もない恥ずかしさと屈辱感に襲われた。これから女のように抱かれ、征服されるのだ。できることならもう一度紘征の気を変えさせられないかと一瞬思ったが、すぐにそんな考えは消え、むしろやることをやって一刻も早く解放された方がいいと思い直す。

たいしたことじゃない、と自分に納得させるため、槙弥は潔くバスローブを脱ぎ、全裸になってベッドに入った。

ひんやりとしたシーツに体が震える。

ベッドの傍らに来た紘征も服を脱ぐ。槙弥はあえて顔を背けていたのだが、スプリングを軽く軋《きし》ませてベッドに上がってきた紘征を見たとき、見事な肉体に息を呑んだ。

サイドチェストのコンソールパネルが操作され、室内が暗くなる。

そうしてから、紘征は槙弥の体の上にのしかかってきた。

逞しい裸体に敷き込まれ、抱きしめられる。

肌と肌が密着し、槙弥は不思議な安堵と充足感を覚えた。自分を苦しめ、苛《さいな》もうとする男の腕にいるというのに、思わず槙弥からも抱き返しそうになる。

「怖いか？」

低い声で耳元に囁かれる。

槙弥は虚勢を張らずに頷いた。心臓が壊れそうなくらい激しい動悸《どうき》を繰り返す。嘘を言ったところですぐばれるに決まっていた。

「……俺は、そう無慈悲で乱暴な男じゃないつもりだ」

また耳朶《じだ》に色気の滲《にじ》む美声を吹き込まれ、槙弥は全身に電流を流されたような心地がした。

仰け反らせた顎にキスされる。

紘征の唇は喉を滑り降り、首筋に何度も吸いついてきた。跡が残るほど強くはなく、槙弥は紘征が十分配慮して行為しているのを感じた。まるっきり理性をなくしてはいないらしい。

しっかり抱き合って、キスを散らされながら指で肌をまさぐられる。

槙弥は声を出すまいと堪えていたが、乳首を引っ掻《か》くように刺激され、さらに舌先で転がしたりきつく吸い上げられたりすると、淫《みだ》らな感覚に腰の奥が疼《うず》いてきて、我慢しきれなくなった。

「あっ……あ、……んっ」

一度声を洩らし始めると、もう止められない。

「いやだ、ああぁ、……あ！」

自分のものとは信じ難い艶めいた声に、頭が麻痺《まひ》してくる。虚勢を張って感じていない振りをし通すなど無理な相談だ。

槙弥は情けないほど簡単に紘征に籠絡《ろうらく》させられ、乱された。

キスと愛撫《あいぶ》を受けて、体中が悦ぶ。

中心は硬く勃《た》ち上がり、はしたない液を先端から零《こぼ》れさせている。

「感じやすいんだな」

紘征が槙弥を揶揄《やゆ》する。

槙弥はカアッと赤くなり、紘征の腕から逃れようと無駄に足掻いた。恥ずかしくてじっとしていられなくなったのだ。

だが、紘征の腕は槙弥を強く抱きしめたまま緩まない。

焦る槙弥に、紘征は愉《たの》しそうな含み笑いをする。

「おまえ、やっぱり可愛いな」

閉じ合わせていた太ももの間に膝を入れられ、割り開かれる。

「あっ！」

無理やり股を開かされ、焦って上擦った声を出す。閉じようとしても、紘征が完全に割り込んできていて敵《かな》わない。

狼狽えているうちに腰を横に捻《ひね》られ、尻の狭間《はざま》に指を差し入れられた。

「んっ……！　あ、あ……い、いやっ、そんなところ……っ！」

誰にも触らせない部分を撫《な》でられ、槙弥は動揺した。

男同士がどこで繋《つな》がり合うのかは頭では知っているが、実際それが現実になり、自分の身にされようとすると、平静ではいられない。

怖かった。

できるはずない。

許してと哀願したくなる。

「力、抜け」

紘征が無情に命令する。

「お願い、それだけは。五辻さん、僕……、本当に、何も知らないんです！」

「だから俺が一から教えてやっているだろう」

「許してください、怖い」

槙弥は恥も外聞もなく紘征に取り縋《すが》り、訴えた。

「他のことならなんでもする。だから！」

「あいにくだがな、俺はこの猛《たけ》りをおまえのここで鎮めたいんだ、槙弥」

ぐぐっと腰を押しつけられる。

「ひっ……」

槙弥は熱く硬い紘征の欲情の証《あかし》に、喉を鳴らして喘《あえ》いだ。

「五辻さん」

「紘征と呼べよ。その方が俺もおまえに絆《ほだ》されて、よけい優しくしてやれる」

「……こ、……紘征、さん」

「槙弥」

唇を塞がれた。

口の中を舌で掻き混ぜられて、少しだけ恐ろしさと緊張が薄れる。

濃厚なキスに気を取られていると、秘部に濡れた指が押しつけられてきた。滑りのいいローションを掬《すく》った指がつぷ、と襞《ひだ》の隙間《すきま》に潜り込む。

「…んん、……う」

背筋をぞくぞくする感覚が這《は》い上り、槙弥は塞がれた唇の隙間から呻《うめ》き声を洩らした。くちゅりと淫猥《いんわい》な水音が響く。

「う、……うっ」

一本の指を深く押し込まれ、槙弥は腰を揺らして喘いだ。

「気持ち、いいだろう?」

ようやく唇を離した紘征が、何もかも承知しているとばかりに自信たっぷりの声で言う。指は潤滑剤の助けを借りて抵抗もなく槙弥の恥ずかしいところで抜き差しを繰り返していた。

「ああ、あっ、……いやだ、いやっ」

「いやじゃないだろう」

確かに、嫌ではなかった。

槙弥は初めてにもかかわらず、節操もなく感じてしまい、狼狽えた。

「本当に男は初めてなのか?」

「そ、そんな」

「おまえはきっとこれが好きになる」

紘征が厚かましく請《う》け合う。

指が二本になった。

「ひっ、……いや、ああ」

槙弥の体は貪欲《どんよく》で柔軟で、やがて、二本纏めて動かされることにも慣れ、悪寒ばかりでなく快感も得始めてきた。

「そろそろよさそうだな」

指が抜かれ、紘征に体を俯《うつぶ》せにして押さえつけられる。

槙弥は快感の余韻に喘いでいて、腰を引き上げさせられても逆らえなかった。

双丘に両手をかけ、開かれる。

濡れそぼった狭間に紘征の頑健そうな腰が押しつけられてきた。

硬い先端で襞を割られる。

そのままぐうっと突き上げられた。

「ああ、あああっ！」

粘膜を擦り上げられる感触に、槙弥はあられもない悲鳴を放ち、シーツを引き掴む。

「やめて、いやっ、ああ」

「槙弥、力を抜け」

紘征の息遣いも上がっている。

宥《なだ》めるように背中じゅうにキスされた。

決して苦しませたくてしているわけではなく、むしろ一緒に快楽を追いたい——そんな紘征の気持ちが伝わるようだ。

「い、五辻さん、五辻さん！」

「槙弥」

もう何も考えられない。槙弥は紘征に名前を呼べと言われていたことも忘れ、譫言《うわごと》のように連呼する。この際、些末《さまつ》なことに構っている余裕はなかった。

感じるのは、覆い被《かぶ》さってきている紘征の肌の熱さ、弾んだ息遣い、そして体の奥を蹂躙《じゅうりん》される痛みと悦楽。それ以外のことはすべて吹き飛ぶ。

背後から犯され、槙弥は淫らに悶え泣いた。

全身が熱を帯び、溶けそうになる。

「もう、……もうだめ」

体の奥から次々と湧き起こる、官能を刺激する悦楽の波に、槙弥は泣きながら訴える。

紘征は巧みな動きで槙弥を徹底的に責め立てた。

「あああ！」

目が眩《くら》むほど感じる部分を続けざまに突かれ、蜜《みつ》を滴《したた》らせていた陰茎を扱《しご》かれて、槙弥は嬌声を上げた。

堕《お》ちる――！

まさにそんな感覚を味わわされる。

槙弥は紘征にいかされて、肩を喘がせた。体が吹き飛んでしまうかと思うほどの快感だった。

「槙弥。槙弥」

紘征の腰の動きが激しさを増す。

槙弥は思うさま揺さぶられ、頭の芯まで犯される感覚に、わけのわからないことを何度も口走った気がする。

「うっ」

紘征が打ちつけていた腰を止め、呻く。

その瞬間、槙弥も息を詰めた。

最奥に欲情の証を迸《ほとばし》らせた紘征は、感極まった声を出し、槙弥をぎゅっと抱き竦める。

紘征は繋がったままで槙弥の横顔にキスの雨を降り注がせた。

普段とは打って変わった情熱的な行為に、槙弥は驚くほかない。

いざとなればこんなに興奮するんだ……そうぼんやりと思った。

初めての男。

槙弥は紘征の腕にぐったりと身を預け、噛みしめた。

嫌ではなかった。

初めてなのに、結構感じて愉しんだのだと自分でも思う。

「槙弥」

仰向けにされてまた唇を奪われる。

「……五辻さん」

夢心地で呟いた槙弥に、紘征はどこかで昔見た覚えのあるような笑みを浮かべた。もちろん、槙弥の気のせいだろう。しかし、妙に心に引っかかり、落ち着かない気持ちになる。

紘征さん、と呼ばなかったことに後から気付いたが、そのことを咎められはしなかった。特に機嫌を損ねたふうでもない。

単に、セックスしている間だけ、気分を高めるために呼ばせられたらよかったようだ。槙弥は勝手にそう解釈した。

「俺とおまえはまんざら相性がよくないわけではなさそうだ」

強情だった割りには感じて喘ぎまくる結果になった槙弥を、紘征が冷やかす。

反論はできなかった。

槙弥は仕方なく紘征の胸に顔を隠し、その場をやり過ごす。

「これで僕も約束を果たしましたよね……？」

「そうだな」

確認する槙弥に紘征も同意はしたものの、これ一度で終わりそうにない予感はすでにしていた。

これからどうなるのだろう。

槙弥は不安の中に、口では説明のできない期待に似た感情を交えさせ、先を思いやった。

＊

翌日出社するや、槙弥は本部長室に呼ばれ、「よくやってくれたね、篠崎くん」と労《ねぎら》いの言葉をかけられた。本部長室には、以前同様営業部長の姿もあった。

「きみが自力でやってみせると宣言したときには、正直どうなることかと危ぶんだ。だが、昨晩楠木《くすのき》くんから、『たった今五辻先生から了解の電話をいただきました』と興奮した声で連絡を受けたときには、きみに任せてよかったと本当に胸を撫で下ろしたよ」

「ありがとうございます」

槙弥は冷静な態度を崩さずに、静かに頭を下げた。

体の奥に残る疼痛《とうつう》を意識する。

それがある限り、いくら褒めちぎられても、手放しでは喜べない。

これは実力でもぎ取った結果ではない。

しくしくと胸が痛む。

褒め言葉が、かえって責める言葉に聞こえてくる。

「いやぁ今後が楽しみだよ。なぁ楠木くん」

「はい」

「きみもいい部下を持ったな」

「まったくです」

本部長と営業部長の会話が槙弥の耳元を擦り抜けていく。

「今後も我が社はきみに大いに期待している。どうか、がんばってくれたまえ。いずれきみには人事部の方から納得のいく沙汰があるだろう。今後の待遇に期待したまえ」

話を戻されて、槙弥は忸怩たる気分になりかけたところを、気を取り直した。

「恐縮です」

席に戻ると、早くも五辻紘征が設計を引き受けた、という情報が広まっており、槙弥は感嘆と羨望の目で注視された。

好意的な捉《とら》え方をする者たちばかりではなく、またもや槙弥の背後で篠崎家の力が働いたのだ、とまことしやかにひそひそ声で言っている連中も多そうだ。

「いいよなぁ、金持ちのお坊ちゃまは」

「いざってときには後ろに七曜グループ全体がついているんだから、うまくいかない方がおかしいんだよ」

「そうそう」

通りすがりにわざと聞こえるように話す者の中には、能勢もいた。

「せいぜい今後も五辻先生のご機嫌を損ねないように、ありったけの金を使って接待しろよ」

「まだまだ反故《ほご》にされる可能性だってあるだろうしなぁ」

その言葉だけは、槙弥も聞き流してしまえなかった。

確かにその通りだ。

紘征は昨晩別れ際に「またな」と言った。

あれ一度ですんだとは、とても思えない。

次にまた呼び出されたら、槙弥は断れないだろう。どう考えても紘征の立場が強い。もうしばらくは、嫌でも従うほかなさそうだ。

嫌でも、といったん考えて、槙弥は案外自分が嫌がっていないことに軽くショックを受けた。紘征のことは、たぶん、嫌いではない。傲慢で高飛車で自分勝手で、といくらでも嫌なところをあげつらえられるのに、最後は「だけど」と肯定的な気持ちになるのだ。

変になりかけている。

槙弥は勝手に動いてしまいそうな心を持て余し、当惑した。

3

最近来てくれないね、と瞬《しゅん》から屈託のない声で電話がかかってきたのは、初めて紘征《こうせい》と関係を持った日からちょうど十日後のことだった。

仕事が忙しいのかと聞かれて、槙弥《まきや》は曖昧《あいまい》な返事をした。

忙しいのは確かだ。

念願が叶い、五辻《いつつじ》紘征がついに首を縦に振ったのだ。施主の西坂《にしざか》氏は大喜びし、暗礁に乗り上げかけていた新宿《しんじゅく》都心複合施設ビル建設計画は、無事軌道に戻った。それに伴い、成清《なるきよ》建設内の各部署も、いっそう慌ただしくなっている。

しかし、仕事が忙しいかどうかは、『ＢＬＵＥ』から足が遠のいている理由とは関係なかった。

それより槙弥は、紘征と寝たことで瞬に顔向けできない立場になり、会いに行く勇気が出せなくなっていたのだ。

たまには息抜きを兼ねて遊びにおいでよ、と瞬は言ってくれるが、槙弥はとてもそんな厚かましい気持ちにはなれない。

言葉に詰まって黙り込むと、瞬は心配そうに体の具合でも悪いのかと気を揉《も》んだ。親身になって槙弥のことを気遣ってくれる瞬を、槙弥は裏切っている。自分が悪い訳じゃない、むしろ被害者だ——そう言い訳しながらも、やはり辛《つら》かった。

無理にとは言わないが、よかったら気が向いたときにでもおいで、と誘ってくれて、瞬からの電話は切れた。

槙弥は自室のベッドに俯《うつぶ》せに倒れ込み、壊れるのではないかと不安になるほど動悸《どうき》を激しくしている胸を、シーツに強く押しつけた。

呼吸が苦しい。

なぜこんな思いをするはめに陥《おちい》ってしまったのか。

——五辻さん。

槙弥は恨みがましさでいっぱいになりながら、つれなくて残酷な、遊び人に違いない男の顔を思い浮かべる。

初めて抱かれた夜の記憶は、ドキリとするほど鮮明だ。あのとき受けた愛撫《あいぶ》の感触は、忘れたくても忘れられない。槙弥は恥も外聞もかなぐり捨て、紘征の腕の中で淫《みだ》らに身をくねらせ、啜《すす》り泣いたのだ。

あれ以来、槙弥は紘征の言いなりだ。

恥辱の極みだが、あえて正直に告白すれば、槙弥は悦楽の虜《とりこ》にされてしまい、紘征に抗《あらが》いきれなくなったのである。

初体験から相当乱れて嬌声《きょうせい》を上げ、男は本当に初めてか、と紘征に揶揄《やゆ》されるほどだったが、二度三度と抱かれるうちに、すっかり紘征に籠絡《ろうらく》されていた。

気持ちよくなんかない、どんなことをされても絶対感じない、最初の夜の自分はどうかしていたのだ、あれは普段の自分ではなかった、などと頑《かたく》なに意地を張っていられたのは、ほんの少しの間だけだった。抱かれるたびに槙弥は法悦の嵐《あらし》に揉《も》まれ、官能の波に幾度となく攫《さら》われて、ほとんど失神寸前にまで感じさせられた。

毎度、終わった後は、羞恥《しゅうち》に消え入りたいくらいだ。

どういうわけか紘征は、事後にいつも槙弥を腕に抱いたまま、離そうとしない。おかげで槙弥は、誰かと肌を合わせて眠る心地よさ、満たされきった幸福感を、とっくりと味わわされた。

自分の節操のなさ加減が恥ずかしい。

槙弥は、自分が淫らなことが大好きな、どうしようもない快楽主義者に成り下がった気がして、泣きそうなくらい困惑している。

汚くて醜い自分を自覚した途端、槙弥はもう紘征を拒《こば》めなくなった。

紘征には瞬がいるはずだと思いながらも、どういうつもりで槙弥と寝るのか聞けずにいる。聞けば答えは簡単で、曰《いわ》く「取引だ」のひと言に違いないと想像はつく。しかし、槙弥は、面と向かってその言葉を紘征の口から聞くのが、きっと嫌なのだ。傷ついて心が凍りそうな気がする。

紘征はやはり槙弥と会わないときには瞬と会い、寝ているのだろうか。

そのことを考えるたび、いつも胸が締めつけられるように痛む。

息苦しくてたまらない。

紘征みたいな不実な男のどこを、僅《わず》かでもいいと感じるのか、槙弥は自分の物好きさ、見る目のなさに、我ながら情けなくなる。

好きという気持ちは、もっと高潔で清廉なものだと信じていた。

半ば脅迫され、無理やり体から奪われたにもかかわらず、本人もはっきり自覚しないうちに芽生えてきたような好意は、いったいどこまで信じられるものなのか。

どこかで何かの手違いか勘違いがあったため、こんな奇妙な感情を抱いてしまったとしか考えられない。

槙弥は悶々《もんもん》とした気持ちを持て余しっ放しで、ここのところ少しも自分らしさを取り戻せずにいる。

明日の夜もまた、紘征に「来い」と呼ばれていた。

次で何度目だろう。

槙弥は壁のカレンダーを見上げ、指を折る。最初の日。そしてそのすぐ二日後。それから一昨日。

ということは、次に会えばもう四度目だ。

十日の間にそれほど頻繁に会い、淫靡《いんび》な交歓に我を忘れて嬌態《きょうたい》を晒《さら》していたのかと思うと、顔から火が出る。

しかし、どうせ槙弥からは、この関係をやめることなどできないのだ。

槙弥は熱の籠《こ》もった息を吐き、寝返りを打って仰向けになる。

天井を突き上げるように両腕をまっすぐ伸ばし、骨の細い、いかにも力のなさそうな指を照明に翳《かざ》す。

この前会ったとき、紘征は槙弥のこの手を、男とは思えないくらい華奢《きゃしゃ》で色白だと評した。べつに褒められたのではないと思うが、けなしたわけでもなさそうだった。

そういえば。槙弥は唐突に別のことを思い出す。

血管が透けて見えるね——槙弥の手を見てそんな発言をしたのは、昔パーティーで一緒になった、例の年上の男だ。

槙弥の思考はいっとき紘征から離れ、そちらに向かった。

もし今もう一度あの男に会ったなら、彼は槙弥がしていることを聞き、さぞかし驚くに違いない。

八年前の槙弥はろくに恋も知らない若造だった。だが、今はずいぶん変わってしまった気がする。

——この先は、もっと変わるだろうか?

4

紘征と会うのはもっぱら平日の夜、大きなシティホテルのロビーで待ち合わせてそのまま部屋に上がる、というのがこれまでのパターンだった。指定されるホテルはその都度変わる。時間もまちまちで、午後六時のときもあれば、夜中に近い十時頃に、と言われたときもあった。紘征の仕事の都合に、槙弥が合わせさせられているわけだ。

四度目に呼び出された夜も、目白台《めじろだい》のホテルに八時、と言われ、槙弥は退社後タクシーで向かった。

すでに紘征と会って寝ることには諦めがついている。

いや。諦めというには槙弥の気持ちは屈託《くったく》がなさ過ぎるかもしれない。だが、状況的に、どうしても槙弥は、自分も呼び出しを心待ちにするようになりかけているのだと認めるわけにはいかなかった。それはあまりにも自堕落で、快楽に弱いことを露呈しているようなものだ。

待ち合わせ場所に着くと、紘征はすでに来ていた。

フロントから少し離れた一角に設けられた座り心地のよさそうなソファセットに、深々と腰かけている。

今夜の紘征は黒いスーツ姿だ。インにしたシャツは品のよいグレイッシュピンクで、ネクタイはしていない。何度見ても憎らしくなるほど長い足に、槙弥は羨望《せんぼう》を感じて溜息《ためいき》が出そうになった。

こんな男に迫られたら、たいていの人間は落ちるしかないだろう。なにも、自分ひとりが恥知らずなわけではない——きっと。

槙弥は自分自身に言い訳しながら、紘征に歩み寄っていった。

ぱっと見たときは悠然としているように見えた紘征だが、近づくにつれ、少々疲労しているらしいことに、槙弥は気づいた。瞼《まぶた》を閉じて、肘《ひじ》掛《か》けに載せた腕でこめかみを支えている。

「……五辻さん」

腰を折って顔を覗《のぞ》き込み、低くした声で呼ぶ。

ぴくり、と頰《ほお》の肉が引きつるように動き、紘征が目を開けた。

「ああ……、おまえか」

額に落ちていた髪を長い指で無造作に搔《か》き上げた紘征は、腕の時計を確かめて、もうそんな時間か、と軽く舌打ちした。うたた寝しているところを槙弥に見られ、少々ばつが悪かった様子だ。

「食事は？」

ぶっきらぼうに聞かれる。

初めての展開だ。槙弥はちょっと虚を衝《つ》かれ、答える声に訝《いぶか》しさと困惑がまともに出てしまった。

「まだ、ですけど」

「俺もまだだ。どこか旨《うま》いものを食わせる店を知っているか？」

「え？　ええ、まぁそれなりに……」

「案内しろ」

紘征はますます面くらい戸惑った槙弥に頓着せず、傍らに置いていた書類鞄《かばん》と、細長い円筒状の図面入れを手にすると、さっさと出入り口に向かって歩き出す。

槙弥も慌てて紘征の後に続いた。

どういう風の吹き回しだろう。

相変わらず気まぐれで、何を考えているのか読めない男だ。

タクシーに乗り込み、運転手に心当たりの店の名と場所を告げた槙弥は、そっと横目で紘征の顔を窺《うかが》った。

気難しげで、不機嫌そうで、いかにも取っつきにくい雰囲気はいつも通りだが、シートに深く身を預けてまた目を閉じているせいか、こちらが緊張するほどの鋭利で尖《とが》った印象は薄れている。

やはり今夜は少し疲れているようだ。昨晩徹夜でもしたのかもしれない。それならなにも無理をして槙弥と会わず、家に帰ってさっさと休めばよさそうなものだが。槙弥は紘征から逃れたいからではなく、純粋に体の心配をして思った。

「お仕事、順調ですか?」

遠慮がちに声をかける。

紘征は薄目を開けて槙弥をジロリとひと睨みした。

「さっきまでおまえのところの担当者と打ち合わせしていた。大まかな設計案が纏《まと》まったから、今後本格的に忙しくなる」

「もしかして、昨夜、眠ってない?」

「まぁな」

そこで紘征はプイと顔を背ける。槙弥の前で弱みを晒《さら》すのはプライドが承知しないらしい。そんな感じだった。

「元々この仕事は断るつもりだったから、他にちょこちょことした仕事を入れていた。今、そっちを急ピッチで仕上げている」

「……無理しないでください」

自然と槙弥は紘征に気持ちのままを伝えていた。言葉にしてから自分でも驚く。すでにしっかりと情を湧かせていることに気づいたからだ。

本来ならば憎んで罵倒《げとう》してもいいくらいのことを強いられているのに、逆に体の心配をするとは、信じられないほどお人好しだ。

体の快感に負け、紘征の呼び出しに逆らえなくなっていることは承知ずみだが、それ以上に心まで持っていかれているとは、すんなり肯定できない。紘征の卑怯《ひきょう》さや強引さを恨みこそしても、愛情などを感じるわけがない。槙弥は気の迷いだと自分に言い聞かせ、普通に考えればまずあり得ないはずの気持ちを胸の中から追い払う。

紘征も槙弥の言葉が意外だったらしい。

そっぽを向いていた顔を戻し、槙弥にしばらく信じ難そうな視線を向けていた。

タクシーが店に着く。

なんでもいい、おまえに任せる、ということだったので、槙弥は和洋中取り混ぜた創作料理を食べさせてくれる、洒落《しゃれ》た居酒屋ふうの店を選んだ。居酒屋ふうだが値段はいいため、若者が集う類《たぐい》の騒々しい店ではない。大人の隠れ家的雰囲気が槙弥は好きで、たまに接待に利用する。そもそもは、次男であるすぐ上の兄に連れてきてもらって知った店だ。

紘征は槙弥の選択に満足したようだった。

言葉にして褒《ほ》めるわけでも、あからさまに態度に出すわけでもないが、目つきと寛《くつろ》いだ雰囲気から察される。

槙弥はこの十日間でずいぶん紘征が理解できるようになっていた。寝ると、平常にしているときには見えない部分も見えてくるものだ。逆に、槙弥自身も紘征にそれを晒しているということになる。遅ればせながら気がついて、槙弥はじわじわと恥ずかしくなる。

幾品かの料理を取り、日本酒を酌《く》み交わす。

変な気分だった。

まるで、恋人とデートをしているようだ。

紘征も同じように感じたのか、前触れもなく「おまえ、恋人は?」と聞いてきた。

「いません」

見栄を張っても仕方がないので、槙弥は正直に答えた。

「五辻さんは、瞬さんともう長いんですか?」

ずっと引っかかっていながらも、なかなか切り出せなかったことに、この際だったので槙弥も触れてみた。

「瞬?」

紘征はまともに訝しげな声を出し、眉を顰《しか》める。なぜここに瞬の名が出るのか理解できないというようだ。槙弥もあれ、と首を傾《かし》げた。もしかすると瞬とはもう切れているのだろうか。今は単なる友人関係でしかないとすれば、これまで槙弥が感じてきた後ろめたさやばつの悪さは、見当違いな感情だったことになる。

「あいつとそういう意味合いで付き合っていたのは、大学時代の二年ほどだけだ」

案の定、紘征は言った。顔は顰めたままだ。ずっと槙弥が瞬とのことを誤解していたのかと思うと、苦々しくてたまらない――そんな感情が表れている。

なんだそうだったのか。槙弥はいっきに身軽になった心地がした。想像以上にこの件を気にしていたことに気づく。

「なぜそんなふうに思った？」

「それは……あの、たぶん、僕が瞬さんとキスしたことで、あなたが酷《ひど》く機嫌を悪くしたようだったから……かな」

槙弥は考え考え答えた。そう、そうなのだ。だからてっきり二人は恋人同士なのかと思ったのだ。

聞くだけ聞いておきながら、紘征は相槌《あいづち》も打たずにこの話題を離れてしまう。

「もっと食べろ。そのエビチリふうの料理はなかなか旨い」

なんだかごまかされた気分だ。

だが、ずっと苦しい気持ちでいたところから解放され、楽になれて嬉しかったので、細かなことはそう気にならなかった。

食事をした後、紘征は唐突にこれからまた別の用事があると言い出して、槙弥を面食らわせた。

タクシーに手を挙げ、近づいてくるのを待つ間、紘征は妙に照れくささを押し隠すような仏頂面《ぶっちょうづら》をして、槙弥に「明日は暇か」と聞いた。

明日は土曜だ。会社は休みである。

「はい」

槙弥が困惑気味に頷くと、紘征は停車してドアを開けたタクシーに身を入れながら、ますます無愛想な声で言う。

「一時に原宿《はらじゅく》駅前に来い。今夜の埋め合わせをしてやる」

昼間から外で会おうと言われたのは、これが初めてだ。

埋め合わせって……。

耳慣れない言葉に槙弥が茫然《ぼうぜん》としているうちに、紘征を乗せたタクシーは発車していた。

＊

――土曜日。

約束した時間に槙弥が原宿駅の表参道口《おもてさんどうぐち》に行くと、待ち合わせの人混みの中に紘征の長身があった。

前を開けたまま黒いトレンチコートを着てサングラスをかけた姿は目立つ。グレーのセーターにブラックジーンズという出で立ちに、オフタイムの印象が窺えた。

悔しいけど、かっこいいのは否めない。

槙弥は渋々ながらも認め、並んで歩くことに、劣等感からくる抵抗と同時にわけのわからない誇らしさを覚え、複雑な気分がした。

代々木《よよぎ》公園に向かってぶらぶらと散歩の足取りで歩く。

「今日はどういう風の吹き回しですか？」

しばらくは肩を並べて無言のまま歩くばかりだったが、黙っているのが気詰まりになってきて、槙弥から紘征に話しかけた。

「べつに」

紘征の返事はいつにも増して無愛想だ。それにもかかわらず、槙弥には紘征が案外機嫌よさそうだと察せられた。

左手に、一枚の布を中央で手のひらに挟み、吊《つ》り上げたような建物が見えてくる。

国立代々木競技場——日本を代表する名建築のひとつだ。槙弥が好きな建造物のうちでも五指に入る。

「何度見ても震えがくるほど素晴らしい建築物だな」

競技場の敷地内に足を踏み入れ、紘征もつくづく感心したように言う。

建設・総合意匠を丹下健三《たんげけんぞう》、構造を坪井善勝《つぼいよしかつ》、設備を井上宇市《いのうえういち》。四十年も前に建てられたとは思えないほど斬新で芸術性の高い建物だ。明治《めいじ》神宮の緑を背景に生かした周囲の環境とのマッチング、一万五千人の観客が動く際に作る流れの美しさ。丹下健三はこの設計に功績があったと認められ、日本人では初めてのオリンピック功労賞を受賞している。国際オリンピック委員会のブランテージ元会長も、手放しで賞賛したそうだ。

「高張力鋼によるサスペンション構造も世界に類を見ない素晴らしさだが、俺は何より、この環境に配慮した精神が、建物自体に何か人間性のようなものを与えている気がして惹《ひ》かれる。いつか、これに負けないものを造れたらと思う」

第一体育館全体を見渡せる位置で立ち止まり、紘征は淡々とした口調の裏に、熱い気持ちを垣間《かいま》見せた。

槙弥は紘征の言葉を聞いて、まさしく同じ気持ちを共有している気になり、心が浮き立った。

「あなたにならきっと造れるんじゃありませんか」

本心から言う。

紘征が槙弥を横目で見る。

おべっかを言ったとは思われたくなくて、槙弥は真摯《しんし》な眼差しで紘征の目をサングラス越しに見返した。

槙弥の意を汲《く》み取ったのか、紘征はフッと口元を綻《ほころ》ばせ、目を眇《すが》める。

「おまえ、なぜ建設業界を就職先に選んだ?」

「建築に興味があったからですけど。大学時代に知り合った人が建築の勉強をしている人で、話を聞いて以来自分でも意識するようになって」

「ほう」

紘征の相槌には、はっきりと意外さが含まれていた。探るような目でひたと槙弥を見据える。

紘征が何を考えてそんな反応をするのか、槙弥には見当もつかない。

「僕は根っからの文系人間だったので、自分が設計する側に立つことは最初から考えていなかったんです。でも、現場に近いところに行きたい気持ちは強かったから、事務・営業職を希望して成清の入社試験を受けた。入社の経緯はそんなところですね」

「そうか。それじゃあ俺はおまえと会えたことをその男に感謝すべきだな」

「どうしてですか？」

「おまえとこうして深い仲になれたからだ」

さらっと意味深なことを告げられ、槙弥は紘征を凝視した。

どういうつもりでこんなことを言うのか。

紘征も槙弥を見つめたままだ。

見合っているうち、槙弥の頬は火照《ほて》りだし、心臓は鼓動を速めてきた。

「……行こうか」

くるりと紘征が踵《きびす》を返し、大股に歩き始める。

槙弥は慌てて紘征の背中を追いかけた。

「どこに？」

「ホテル」

振り返らずに紘征は端的に答える。

槙弥はまたもや胸をドキリとさせた。

昼間からそんな、と呆《あき》れる一方、心のどこかで自分もそれを望んでいた感が拭《ぬぐ》えない。

はしたない自分を自覚して、槙弥はじわっと俯いた。

＊

紘征の新たな一面を知ったせいか、槙弥はその日、これまでで一番感じて身悶《みもだ》えた。自分でも正気をなくしていたのではないかと思うくらい奔放に、欲情のまま振る舞ったように思う。

そんな槙弥に触発されたのか、紘征もいつにも増して猛々《たけだけ》しかった。

体位を変えて繰り返し挑まれ、槙弥はとうとう後ろを攻められるだけで感じて極まり、歓喜に噎《むせ》び泣いた。

このままではまずい。

紘征から離れられなくなってしまうかもしれない。

槙弥は本気でそんな不安に駆られる。

堕《お》ちていく自分をどうやって止めればいいのか、槙弥にはわからない。

あれほど体の次に心まで落ちるようなことにはならないと決意していたのが、脆《もろ》くも崩れ去っていく。

槙弥は自分をこんなふうに悩ませる紘征が恨めしくてならなかった。

5

　地上三十六階、地下二階――西坂氏がオーナーとして建設を予定している複合施設ビルの青写真が、いよいよ上がってきた。

　ビルの館内にはショッピング・レストランなどのゾーンと、貸事務所フロアとなるビジネスゾーン、そしてイベントや企画、情報発信の場となるコミュニケーションゾーンが設けられる。

　外観はすっきりとしたシンプルなイメージでデザインされているのだが、高層ビルにありがちな、冷たく尖っていたり、奇をてらってインパクトが強すぎたりすることはなく、不思議な温かみのある印象に纏まっていた。

「いいですね……硬質すぎなくて」

「さすがは五辻紘征先生だなぁ」

「耐震構造にはかの法隆寺《ほうりゅうじ》五重塔のノウハウが用いられるそうだ」

「ああ、あの中心部にある心柱を応用したやつだな」

　社内での評判も上々だ。皆、口々に紘征の腕を褒めそやす。

槙弥も紘征の描いた外観図と手書きの断面図を見て、好きな建物だと感じた。

建物のデザインには、その建築家の性質や考え方などの個性が強く反映されるものだ。建てたものを見れば、どんな気質の人間が設計したものなのかそこはかとなく伝わってくる。冷淡な性格の人が設計した建築物はやはりどこか冷たいし、強気の人が建てた建築物は押し出しの強い印象になる。

スマートさと温かさ、そしてそれを、あえて隠すようなそっけなさ。紘征の描いた建造物は、槙弥にそれらを感じさせた。

技術的なすごさはもとより、シンプルでありながら所々に意表を衝く隠し味を含ませた茶目っ気に、槙弥は感心した。やはり紘征はたいした才能の持ち主だ。

アメリカの各都市で紘征が建てた建造物を大小問わず見てきて惚れ込んだという西坂が、断られても断られても食いついて粘りたがった気持ちがよくわかる。結局、紘征も最後は西坂の熱意と真剣さに負けたのだ。単にミーハーな気持ちで紘征の名前を求めたわけではなく、腕と気概に惚れ込んで指名してきたと納得したからこそ、多忙な中引き受けることにしたようだ。

槙弥のことは、むしろ、ついでのおまけだったと考えた方がしっくりくる。

おまけ。

槙弥は自分で自分の考えに消沈した。

言い訳も弁解も、もうできない。

知れば知るほど槙弥は紘征に惹かれていく。寝るのが嫌どころか、自分から求めたくなるときもあるほど、紘征に虜《とりこ》にされていた。

「ばかだ……僕は」

こんなはずではなかったのに。しかし、今すぐに心の修正はできそうもない。紘征が飽きて槙弥に「もう、いい」と言う日まで、気持ちを秘めて付き合うだけだ。その後のことは、きっと時間が解決するだろう。

「篠崎《しのざき》！」

課長に呼ばれて、槙弥ははっと我に返った。

紘征のことを考えると、ついぼんやりしてしまう。最近特にその傾向が強くなっていた。

気を引き締め直し、課長のデスクに歩み寄る。

「悪いがこれを五辻先生のオフィスまで届けてきてくれ。至急と頼まれていた書類だ。打ち合わせがあって九時ぐらいにしか戻れないとおっしゃっていたから、その頃訪ねてくれないか。どうせ今夜も八時くらいまで残業するんだろう？」

「はい。そのつもりです」

「がんばってくれよ。先生の件では大いに助かった。この調子で、汐留《しおどめ》のアバンティ・マンションの件も詰めてくれ。本部長を始め上層部も今後のきみの活躍に大いに注目している」

ありがとうございます、と一礼し、槙弥は書類を受け取って自分の席に戻った。

「なんだか絶好調みたいだな、篠崎」

傍らを通るついでの振りをして、能勢《のせ》が妬《ねた》ましそうな顔つきで槙弥の背後から近づいてきた。

「おかげさまで」

いい加減能勢に絡まれることには辟易《へきえき》している。槙弥は振り向きもせず、淡々とした口調で短く返事をした。

「……お高くとまりやがって……！」

気分を害した能勢の怒りが背中越しに伝わってくる。槙弥はそれも無視し、黙々と仕事を続けた。

「今に見ていろよ、篠崎。俺の方がおまえより三年も先に課長補佐になっているんだ。いくら五辻紘征を口説いて手柄を立てたからといって、意地でもおまえを先に課長にはならせないからな！　今度のことは単に運がおまえの味方をしただけだ」

吐き捨てるようにぼそぼそとした小声で言うと、能勢は槙弥の傍を離れていった。

なんとかならないのか、あの男。槙弥は苛立《いらだ》たしい気持ちに襲われかけたが、先ほど課長から預かった紘征宛《あて》の書類を目にすると、それより仕事だ、と気分を切り替えた。

九時にこれを届けるためには、今やっている仕事を手際よく片づけなくては間に合わない。紘征は時間に正確で厳しい男だ。必ず指定した時刻の五分前には来て待っている。

コーヒーを飲む程度の休憩も取らずに仕事をし続けたおかげで、今夜中にこなさねばならない作業は予定より早く終わった。

ふう、と肩を揉んで首を振り、凝りを解《ほぐ》す。

八時前だ。

営業部のフロアにはまだまだ三分の二ほどの社員が残業をしている。さりげなく視線を延ばしてみると、能勢の姿もデスクにあった。槙弥に対してあれだけの啖呵《たんか》を切ったので、張り切っているようだ。間違って目が合いでもしては面倒だ。槙弥は能勢を見るのをやめて帰り支度を始めた。

槙弥が能勢から視線を外した途端、今度は向こうがこっちを観察している気配を感じる。だが、槙弥は決して目を上げなかった。

見られている、という嫌らしさから一刻も早く逃れたくて、槙弥は少し焦っていた。

紘征に渡す書類を摑んで鞄に突っ込む。

槙弥のデスクは書類だらけだ。部下から上がってきた書類や資料などが、左右に山になって積み上がっている。預かった書類もその上に、いったん載せてあった。

「それじゃあ、お先に」

「お疲れ様でした」

トレンチコートを羽織《はお》り、槙弥は足早にフロアを横切った。

紘征のオフィスは南青山《みなみあおやま》だ。

地下鉄を乗り継いでいけば三十分とかからずに着く。

まだ戻っていないかもしれないと危惧《きぐ》しながら、槙弥は洒落た三階建てのオフィスの前まで来た。

ガラス張りになった一階は薄暗く、ところどころにしか照明が灯《とも》されていないようだが、二階の紘征の部屋は明るい。ブラインドの隙間から目に優しい温かみのある光が洩れている。

槙弥はホッとしてオフィスのドアを開けた。鍵《かぎ》はかかっていない。ちょっと不用心のような気もしたが、深くは気に留めず、間接照明に照らされたアルミとガラスと木でできた階段を上っていく。

「五辻さん」

ここかな、と見当をつけたドアをノックして声をかける。

すぐに中から、「入ってきてくれ」と返事があった。

紘征の執務室に入るのは初めてだ。

どんな部屋だろうかと期待して、ドアを開けた。

二十畳以上ある室内は、やはりシンプルでモダンな雰囲気に纏められていた。金属とガラスと木の組み合わせが特徴の紘征らしく、訪れた人にほっと肩の力を抜かせるような感じのする、心地よい部屋だ。槙弥は一目でこの執務室が気に入った。こんな中で仕事がしてみたいと思う。

「悪かったな、わざわざ届けさせて」

幅の広いデスクから立ち上がった紘征が、槙弥にお礼の言葉をかける。こういう点、紘征は常に礼儀正しい。

コートを脱いで、勧められたソファの中ほどに腰を下ろし、槙弥は早速鞄を開いた。

書類を取り出している隙に、紘征が当然のような態度ですぐ真横に座ってきた。

槙弥はたちまち緊張した。

最初がビジネスモードで来たので、てっきりまずは向かいの肘掛け椅子に座って仕事の話をするのかと思っていた。

「これを課長から預かりました」

戸惑いながらも書類を渡す。

「ああ」

紘征はざっと束になった塊の表紙だけを見ていくと、「ん……？」と不審な顔つきになった。

「ひとつ足りないようだが」

「えっ、本当ですか！」

しまった、と槙弥は肝を冷やす。デスクにひとつだけ取り残してきたようだ。

すぐに取りに戻らねば。

「すみません！」

槙弥は慌てて立ち上がりかけた。

「いや、もういい」

すかさず紘征が槙弥の腕を摑み、間髪入れず、そのまま空いているソファの左側に押し倒してきた。

「うわ……！　あっ、い、五辻さんっ！」

いきなりのことに槙弥は狼狽《うろた》え、焦《あせ》った。

「あれはべつに明日でもいいんだ。どうせ明日おまえの会社に用事があって行くから、そのとき渡してくれればいい」

でも、と言いかけた槙弥の唇を、紘征の唇がしっかりと塞ぐ。

「……んっ」

触れられただけで痺《しび》れが走るようなキス。

槙弥は目を閉じ、全身の力を抜いた。

ぴちゃぴちゃと淫靡《いんび》な水音が、静まりかえった広い室内に響く。

「い、五辻さん……、あ」

「なんだ」

逆らうつもりか、とからかうように紘征が聞く。槙弥にまったくそんな気のないことを承知の上でだ。意地が悪かった。

「こんなところで……?」

「いけないのか」

「表のドア、開いていたけど」

「誰も来ない」

「……でも」

槙弥はさっきこの部屋のドアもちゃんと閉めなかった気がして、心許《こころもと》なさを募らせた。

「もう黙れ」

紘征が短く、切って捨てるように言う。

そしてひときわ強く唇を吸い上げられた。

「あ……っ!」

頭のてっぺんから爪先まで震えが走る。

「よけいなことに気を回すより、最初の時にも言ったはずだが、いい加減、おまえも俺を紘征と呼んでくれないか。いつまでも五辻さん、五辻さんでは萎《な》えるぞ」

「で、でも、慣れなくて」

「じゃあ慣れろ」

ネクタイを解かれ、シャツをはだけられた。

すでに尖っていた乳首を舌で舐《ねぶ》られる。

「ああ、んっ……、あ！」

知らず知らず、声が甘えて鼻にかかったものになった。

巧みな愛撫に体があっという間に熱くなる。頭もぼうっとなってきた。

そのとき、ドアの外でカタリとごく微《かす》かな物音がしたようだったが、槙弥は深く考えられずに気のせいだと流してしまった。

＊

不穏なメールを受け取ったのは、午後の休憩から戻った直後だ。

差出人は能勢進吾《しんご》で、件名は『わかったぞ』となっている。しかも重要度最大の赤いフラグ付きだ。

槙弥は急いでメールを開いた。

――昨晩忘れ物を届けに行って、見た。弁明したいのなら、八階の小会議室Cにすぐに来い。

読んだ途端、血の気が引く思いがした。

見た?

何を、とは考えるまでもない。

どういうつもりだったか知らないが、能勢は槙弥が忘れていった書類に気づき、わざわざ紘征のオフィスまで足を運んで届けにきたのだ。

そして、二人がソファであられもなく睦《むつ》み合う様子を目撃したというわけだろう。

昨日ちらりと気になった物音……!

槙弥はその場で確かめなかったことを死ぬほど悔いた。

しかし、もう遅い。

体で接待していた事実を周囲に知られれば、槙弥の前途は真っ暗だ。男が男に身売りしていたなどということが万一社外で噂になれば、成清建設の面目は丸潰《まるつぶ》れになるだろう。社内の風紀を乱したかどで、左遷は必須《ひっす》に違いない。

会社から軽蔑《けいべつ》と困惑の眼差しを注がれるばかりでなく、身内にも呆れ果てられ、一族の名を汚したと糾弾される。どちらかといえば、槙弥はそっちの方が辛《つら》いし、困る。大事な人たちを失望させたくはなかった。

能勢は槙弥を脅すつもりだろうか。脅して、何を要求する気でいるのか。にわかには考えつかない。金、ではない気がした。能勢は別段金に困っているふうではない。それよりむしろ、欲しがっているのは地位や名誉の方だ。

「ちょっと八階の小会議室にいるから」

同じ課で営業事務をしている女性社員に言い置いて、すぐさま席を立つ。すでに能勢の姿は席になかった。

「能勢っ！」

ノックと同時に会議室のドアを開けて室内に飛び込んだ槙弥を、能勢は不敵な笑みと、優位に立っていることを確信した上での余裕綽々《しゃくしゃく》とした態度で迎えた。

「メールに書いた通りだ」

能勢は開口一番にそう言って、蔑《さげす》み果てた目つきを槙弥に向ける。

「びっくりしたぜ」

頭の中が混乱して、槙弥は何をどう言えばいいのかわからず、言葉に詰まったままだった。

言い訳のひとつも浮かばない。そもそも、弁明などできないのだ。最初は確かに紘征に理不尽な要求を突きつけられ、強要されてのことだった。だが、今は、もうそんな感じでもない。紘征にとっては取引の継続なのかもしれないが、契約が成立してプロジェクトがここまで動いている以上、今さら紘征が一度引き受けた仕事を放りだす可能性はないものと思っていい。つまり、槙弥が本気で嫌ならば、紘征の担当を下りて他の社員と交代すればすむ話なのだ。それをしないでずるずると関係を続けているのは、槙弥自身が望んでいるからに他ならない。それは紘征の与《あずか》り知らぬ話だ。

黙ったまま何も返さない槙弥に、能勢はますます調子に乗ってきた。

「まさか篠崎一門の御曹司《おんぞうし》が仕事を取るために体を張った接待までしていたとはなぁ。意外すぎて盲点だったよ。案外、それで今までも大口の契約を締結してきたんだな？」

「違う！」

槙弥は弾かれたように伏せがちにしていた顔を上げ、叫んだ。

それはまったくの誤解だ。

たまたま今回がこんなおかしな具合になっただけで、その他はすべて実力で勝ち取ってきた契約ばかりである。それを全部ひっくるめて貶《おとし》められては堪《たま》らない。

「どうだかなぁ？　この事実がある以上、果たして信じてもらえるかどうかは怪しいだろうな」

　悔しいが、ここは能勢の言うことの方が正しかった。世間とは得てしてそうしたものだ。槙弥もそれは承知している。

　じわじわと追いつめられていくのを感じた。槙弥は毅然《きぜん》として立っているだけで精いっぱいだ。どうすればこの危機を脱することができるのか、まったく頭が回らない。

「黙っていて欲しいか？」

　ねちねちした口調で能勢が言い始める。

　槙弥はこくりと喉を鳴らした。

　ここからが本題だ。能勢がどう出るつもりでいるのか、槙弥は固唾《かたず》を呑《の》んで次の言葉を待った。

「もしこのことが明るみに出たら、親の七光りで地位を上げてもらったどころの陰口じゃすまされない。上の耳に入れば、さすがの上層部もおまえを庇いきれず、何らかの処分を言い渡さざるを得ないだろう。よくて左遷、悪くて……解雇だ。おまえもそう思うだろう、篠崎？」

　槙弥自身恐れた通りのことを、そっくり繰り返して言われ、槙弥は「ああ」と頷くしかなかった。

　ニヤリ、と能勢の口元に勝ち誇ったような笑みが浮かぶ。

「黙っていてやる代わり、今後はおまえが取ってくる契約のうち、半分は俺に回せ。ある程度までおまえが根回ししたら、詰めは俺がする」

それでまんまと自分の手柄にしようというわけだ。

卑怯な――!

槙弥は恥知らずなことを平然と言う能勢の神経を疑った。同時に激しく嫌悪する。絶対にそんなことはご免だと怒りが湧いたが、かといって弱みを握られてしまっている以上、嫌だと突っぱねるだけの勇気はすぐには出せずにいた。

「それにしてもなぁ」

能勢の目がいやらしく光る。ちらりと覗いた舌先が唇を舐める仕草が、なんとも言えずいやらしい。槙弥はぞくっと背筋に悪寒を走らせた。

「五辻紘征がゲイだってのは噂には聞いていたが、本気でおまえに欲情しているのを見たときにはたまげたぜ。おまえも、普段は取り澄まして上品ぶった貴公子面しているくせに、女みたいにいやらしい声出してたな。自分で覚えているのか?」

「やめろ!」

聞きたくない。槙弥は激しく頭を振り、声を荒げた。両手で耳を塞ぎたくなる。

「ハハハ」

能勢が哄笑《こうしょう》しながら、ずい、と槙弥に近づいてきた。

はっとして後退《あとじさ》ろうとしたが、それより先に能勢に腕を摑まれ、思いがけず強い力で引き寄せられる。

「いいか、この色仕掛け野郎め」

「離せ、能勢っ！」

汚いものでも見るように罵倒された槙弥は、たまらなくなって激しく身を捩《よじ》り、逃れようとした。

しかし、能勢の腕はいっこうに緩まない。緩むどころか、かえってきつく拘束し、今にも触れ合わんばかりの至近距離まで顔を近づけてきた。

「わかりました、今後は能勢さんの命令には逆らいません——ほら、そう言えよ。今すぐ言わないつもりなら、跪かせて言わせるぞ」

「やめろ……、ばかばかしい」

「なんだと！」

能勢が眦《まなじり》を吊り上げ、叫んだときだ。

いきなりバーンと激しい音がして、ドアが蹴破《けやぶ》られたような勢いで開いた。

「ここで何をしている！」

「なにっ？」

突然の乱入者に、反射的にキッとして振り向いた能勢だったが、入ってきた人物の姿を見るや「ええっ……！」と狼狽えた声を出し、槇弥を突き放す。

押しのけられた勢いで後ろに転倒しかけた槇弥を受け止めてくれたのは、逞しい男の胸板だった。

「槇弥！」

「五辻さん！」

ほぼ同時に呼び合う。

「い、五辻先生……」

なぜこんなところに、と能勢が蒼白《そうはく》になって口をぱくぱくさせている。槇弥も一瞬訳がわからなかった。

「今日ここに用事があって来るから書類を、と言っておいただろう」

紘征が落ち着き払った声で言う。

ああ、そういえば。槇弥も昨晩の会話を思い出した。忘れていたというよりも、この場は動転しすぎていて、すぐに繋《つな》がらなかったのだ。

「おい、きみ」

紘征は槙弥を自分の背後に隠して庇うようにすると、一転して立場が変わり、情けなくもおろおろしている能勢と対峙《たいじ》した。

「こんな場所で勤務時間中、同僚にセクハラか。いい度胸だな？」

「ち、違う！　誤解だ！」

能勢はちぎれるのではないかと思うほど激しく首を振る。実際それは誤解なので、能勢が憤慨するのは無理もない。

そして、キッと必死の様子で紘征を睨み返すと、開き直った態度で「あんたこそ！」と人差し指を突きつけ、声を震わせながらも糾弾し始めた。

「篠崎の汚い手に堕ちて、セックスと引き替えに、それまでは頑なに断り続けてきた仕事を受けたんだろうが。なにが米国で成功を収めて凱旋《がいせん》帰国した天才建築家だ！　一皮剝《む》けばただの好き者の変態じゃないか」

「なんのことだろうな」

能勢の暴言にも紘征はびくともしない。冷静極まりない声で、本気で身に覚えがなさそうに返す。

「な、なんのことだって……？」

あまりにも紘征が動じないため、能勢は威勢を削がれたように声を萎《しぼ》ませる。

「槙弥」

紘征が槙弥を振り返る。

「は、はい」

端で息を呑んで成り行きを見守っていた槙弥は、慌てて気を取り直す。

紘征の、自信に溢《あふ》れた頼りになる目が、心配するなというように槙弥を見つめていた。

「なぜ彼にはっきり言ってやらなかったんだ。俺たちは恋人同士だ、そうだろう？　恋人同士が会って寝るのに何の問題があるのか、聞きたいものだな」

最後はまた能勢に向けて言われた言葉だ。

「恋人？」

思いもよらないことだったらしく、能勢はぽかんとしていた。

「五、いや……あの、紘征さん」

びっくりしたのは槙弥も同様だ。

まさか、紘征がそんなふうに言って槙弥を庇ってくれるとは思わなかった。もしかすると、単に、自分も巻き込まれて醜聞をたてられそうだったから、とっさの機転でそう言っただけなのかもしれない。だが、紘征の目を見る限り、一から十まで本気だとしか受け止められず、槙弥は信じ難くてぼんやりしてしまった。

「く、くそっ……！」

形勢が悪くなったと知った能勢が歯噛《はが》みしながら二人の脇《わき》を擦り抜けて出ていく。

「わかったか、きみ？」

「ええ、ええ、わかりましたよっ」

わざわざ確かめて念を押す紘征に、能勢はやけくそになって返事をする。

「五辻先生のご機嫌をこれ以上損ねるようなまねはしません！　俺もそこまでばかじゃない。篠崎には二度とかかわりませんよ。いいんでしょう、それで！」

「そうだ。きみは意外に物わかりがいい」

バターンッとドアが叩《たた》きつけるように閉められる。誰かもし近くにいたなら、何事だと飛び上がって駆けつけて来たところだろう。

しかし、誰も来なかった。

能勢もこの時間どの部屋も使用されていないとあらかじめ確認していたらしい。でなければ他の場所に槙弥を呼び出したはずだ。

「悪かったな、槙弥」

二人きりになってから、紘征は槙弥に柄にもなく面映《おもは》ゆそうな顔を見せた。

「勝手におまえを恋人扱いして、迷惑だったろう？　許せ」

「そんなこと、ない」

迷惑どころか――嬉しかった。

槙弥は心を込めた眼差しで紘征を見つめた。

もしかして。

もしかして紘征も同じ気持ちになってくれているのではないか。

槙弥の頭にそんな幸せな考えが浮かぶ。

照れているとしか思えない紘征の顔を見ていると、そんな気がしてきたのだ。

コホ、と紘征がわざとらしく咳払《せきばら》いした。

「今夜暇なら、うちに来ないか」

「……うん」

紘征の自宅に招待されるのは初めてだ。

奇妙な予感に槙弥の胸は騒いできた。

きっと今夜、何か大事なことを告白してくれる。そんな予感が脳裏を去らなかった。

6

紘征のマンションはウォーターフロントに建つ超高層マンション群のうちのひとつにあり、親に頼らず自分の給料だけでそれなりにつましい生活をしている槙弥の部屋とは、雲泥の差だった。

メゾネットになった部屋は一階部分がパブリックスペース、二階がベッドルームとして使われているらしい。

透明素材を使用した美しい階段と、大理石張りの床。壁は柔らかさを感じさせる薄いクリーム色だ。家具類は黒と灰色にシルバーといったモノトーン系で纏められており、オフィスと比べるとかなりモダンでインテリジェントな印象が強い。

「オフィスとここはインテリアのコンセプトが違うんですね？」

「ここは、ほとんど寝に帰るだけの場所だからな」

「でも、素敵です。クールだけどよそよそしい感じはまったくしない。落ち着けてホッとする」

槙弥は感じた通りに言い、大きな窓に近づいていった。

「うわ……、すごい」

眺め下ろした夜景の見事な美しさに、槙弥は感嘆し、息を呑む。地上三十階から見渡す景色は迫力だ。ホテルやスカイラウンジから一時だけ見るのとは微妙に感覚が違う。

「何か飲むか？」

紘征がぶっきらぼうに聞く。紘征はすでに自分の分の飲み物をサイドボードの上に準備していた。ウイスキーのボトルが出ている。

「紘征さんと同じものでいい」

自然に答えたつもりだったのだが、口にし終えた途端、槙弥は激しいデジャブに襲われて、思わずこめかみを指で押さえた。

「……僕……前にもこれと同じ会話をした……ような気がする」

「ああ。したな」

予期せぬ答えが目の前の紘征から返り、槙弥は再び愕然《がくぜん》とする。

「どうして？　……どういう意味？」

なぜ紘征が確信的にそんなことを言うのか、さっぱりわからない。

「まぁ、まずは上着を脱いで楽にしたらどうだ」

「あ、……うん、ありがとう」

槙弥は勧められたようにスーツの上を脱ぎ、ソファの肘掛けに掛け置いた。

紘征はまだいくぶん困惑している槙弥に、フッと笑いかけ、オンザロックにしたウイスキーを入れたグラスを差し出してきた。

槙弥は素直に受け取る。紘征はストレートのまま飲むようだ。同じもの、と槙弥は言ったが、槙弥には氷がある方が飲みやすいだろうと気を遣ったらしい。

グラスを渡してくれた後、紘征はリビングボードに近づいて、並べてあったフォトフレームの中から、奥の方の隅に立ててあるひとつを取り、それもまた槙弥に差し出して見せてくれた。

そこに写っているのは、タキシードを着た二人の男だった。一人はまだ若い。若いが一人前にタキシードを着こなしていて、強気そうな視線がいかにも小生意気そうだ。まだ挫折《ざせつ》を経験したことのない、恐れ知らずの印象が強く出ている。

「……これ、僕だ」

「ああ」

「八年前、ニューヨーク市が主宰したパーティーに祖父の連れで参加したときの写真」

あのときのことは、今でも折に触れてぼんやりと思い出す。

槙弥は隣に立つ男にも見覚えがあった。

なぜか顔は思い浮かべられずにいたのだが、今夜あらためて写真で見ると、そうそう、彼だ、と紗《しゃ》が取れたように思い出す。おかしなものだった。

「これ、紘征さん、だったんだ……」

今とは全然印象が違う。

もし槙弥がこの八年前の男の顔を覚えていたとしても、果たして現在の紘征と結びつけられたかどうかは疑問だ。おそらく、気がつかなかっただろうと思われる。

短く切ってセンターで分けた髪、生真面目で柔和そうな顔、お世辞にも似合っているとは言い難いタキシード。

「そのとき俺は大学院過程を終えたばかりだ。ＡＩＡから学生賞をもらって、パーティーに招かれた。だが、周りはご大層な面々ばかりだろう。慣れない場でどうしたものかとくさくさしていたら、おまえが目に入ったんだ」

「だから声をかけてくれたんだ」

「日本人みたいだったし……まぁ、なんというか、非常に印象的で目立って見えた。少なくとも俺にはな」

紘征は気恥ずかしくなってきたのか、次第に顰めっ面になり、口調を冷ややかにする。槙弥は、これは紘征の照れ隠しだと、すでに気づいていたので、かえって安堵した。

一緒にカクテルを飲み、あれこれといろいろな話をして槙弥を退屈させなかった年上の人。あのとき飲んだカクテルは本当に美味《おい》しくて、以来槙弥は、カクテルを飲むときには必ず彼と飲んだ通りにオーダーしていた。

それが、まさか、紘征だったとは。

「どうしてわかっていたのなら最初から教えてくれなかったの?」

「忘れていると思った。現に、おまえは俺を見ても思い出さなかった」

「……言ってくれたら、絶対思い出したのに」

槙弥はまじまじと写真を見つめる。

これは会場内で写真を撮影して回っていたカメラマンに「撮りましょうか」と声をかけられて、二人で撮ってもらったものだ。槙弥はもともと写真が好きではないので、すっかり忘れていたが、紘征は写真をもらってこんなふうに大切に保管してくれていたらしい。

「一目惚れだった」

ぼそっと、呟くように紘征が白状する。

「パーティーが終われば縁もゆかりもなくなったおまえに、俺はなんの心構えもなく惚れていて、自分でも戸惑った」

槙弥は舞い上がってしまいたくなるほど嬉しかった。

「信じられない」

「俺もだ。なんだって五つも年下のガキに、と思ったよ。しかも、篠崎氏の孫で、とてもじゃないが告白するなど考えられない高嶺の花だ。一時期は、会ったことを忘れようと必死になった頃もある」

それでも忘れられなくて、ずっと写真を捨てられなかったのだ。紘征は苦々しそうに笑ってみせる。

「でも、それだったら、なぜこんなふうに僕に迫ったの？　紘征さん、最初は僕に怒っていたみたいだった。とても愛情があったなんて、わからなかった」

槙弥はため込んでいた不満をいっきに突きつけた。

「悪かった。俺も反省している。……妬《や》いたんだ」

「えっ？」

「瞬との関係に。キスまで許して、俺の気も知らず、と腹立たしかった。瞬は俺がおまえをずっと好きだったと知っている。瞬にだけは打ち明けていたからな。あいつはここぞとばかりに茶目っ気を発揮しやがった。いつまでもぐずぐずして手をこまねいている俺を、焚《た》きつけたつもりだったんだろう。悪気があったわけではないことは承知しているが、俺はおまえのことになると、なかなか冷静になれなくなることがあるんだ」

「それで……怒ったんだ……?」

「瞬を利用して俺を落とそうなどと考えるおまえのしたたかさも許せなかった。俺の純情を、知らないうちに逆手に取るようなまねをしてくれていたわけだからな。だから、灸《きゅう》を据えてやりたい気持ちもあった」

　不機嫌な顔のまま言う紘征に、槙弥は俯いて謝った。

「ごめん、紘征さん。確かに僕はずるかった」

「ああ」

「……でも、今となってみたら、そうやって強引に迫ってくれて、よかったかもしれないと思う」

「そんな言い方をすると、俺は勝手に誤解するぞ」

　紘征が槙弥を睨み、怒ったように言う。

「誤解って?」

　槙弥は意識して艶然《えんぜん》とした笑みを浮かべつつ、紘征との距離を詰めていった。

　紘征が息を吞む。

「……おまえ、いつの間に俺を……?」

「たぶん、出会ったときからじわじわと」

「本気で言っているのか？」

「どうして嘘だと思うわけ？」

槙弥はムッとして切り返した。

「槙弥」

いきなり紘征に両腕で抱きしめられる。

槙弥からも紘征を抱きしめた。

貪《むさぼ》るようなくちづけを受ける。

「二階に、連れていってもいいか？」

唇を濡《ぬ》らしたまま、紘征が少々切羽詰《せっぱつ》まった表情で槙弥に聞いてくる。

槙弥は黙って紘征の腰に下腹を擦りつけた。槙弥の中心はすでに芯《しん》を作りかけ、強張《こわば》ってきている。紘征のものも同様だ。

二人は階段を上がって寝室に辿《たど》り着くと、大きなベッドに縺《もつ》れ込むようにして倒れた。

倒れ込むなり、紘征は槙弥のネクタイを外し、シャツを剝《は》ぐ。いつになく性急で、槙弥まで興奮の度合いが激しくなってくる。

「諦めずにいれば、無理だとしか思えないことも、ときには叶うことがあるものなんだな。今回俺はおまえのことで、初めて『強く願えば叶う』というのが、まんざら嘘でないようだと思えたぞ」

熱っぽさを含んだ口調で言いながら、紘征は槙弥にキスをする。唇はもちろん、耳の裏や鎖骨の窪《くぼ》み、そして脇腹。乳首は槙弥が感じやすいところだと承知しているためか、特に念入りに舌まで使って愛された。

じっくりと快楽の源を探し当てるような丁寧な愛撫に、槙弥の体はどんどん火照りだし、高揚してきた。

膝で折って立てさせられた太股を、左右に大胆に開かされる。

「ああっ」

剝き出しになった秘部に触れられ、槙弥は恥ずかしさに顔を横に倒して目を閉じた。

とろりとした液で襞《ひだ》が濡らされる。滑りのいい潤滑剤を使って入り口を揉《も》み解される感触に、槙弥は息を乱し、肩や胸板を上下に揺らして喘いだ。

痛みはほとんど感じない。

次から次へと襲いかかってくるのは、腰を蠢《うごめ》かさずにはいられない、強い快感だった。

内股が引きつったように震える。全身に力が入り、足の爪先まで突っ張る。

二本の指が付け根まで入り込み、奥の奥まで抉《えぐ》られる。その上、勢いよく抜き差しして内側の粘膜を擦って刺激されては、槙弥は声を堪えることなどできず、はしたない嬌声を喉から迸《ほとばし》らせ続けた。

「やっ、……あ、あっ、ああ。こ、紘征、紘征さんっ、ああ……っ！」

「槙弥」

紘征が体を伸ばして顔を上げ、喘ぐ槙弥の口にキスする。

「もっと俺の名を呼べよ。呼んで、おまえが俺の恋人だと納得させてくれ」

「紘征さん」

槙弥は紘征の首に抱きつき、ぎゅっと腕に力を籠めた。

「好き。……なんでだろう。最初はあんなに抱かれなきゃいけないなんて、と抵抗していたはずなのに」

「それはな、槙弥。おまえはきっと心のどこかで、俺とこうなってしまうことがわかっていたんだ。おまえにとってみれば、それは未知の領域だ。怖くて不安で落ち着けなかっただろう。だから無意識のうちに俺を避けようとしていた。そんなところじゃないのか？」

「……かもしれない」

槙弥も薄々そんな気はしていた。

いくら紘征を「ろくでもない男だ」と否定しようとしても、惹かれる気持ちが存在しているのは初めからわかっていた。寝ればますます抜き差しならなくなる。どうしていいか悩むに違いない。それで、あれほど抵抗していたのだ。堕ちまいと、自分を食い止めたかったのだろう。

「でも、もういい」

「槙弥」

「い、……れて。来て、紘征さん」

槙弥は真っ赤になりつつ紘征を欲した。

「槙弥、おまえが好きだ」

紘征が槙弥の中に押し入ってきた。

「ああぁっ、あ！」

大きくて熱いものが槙弥の体を裂くようにして進んでくる。

すべて挿入してしまうと、紘征は槙弥の体を折れるほどきつく抱きしめた。

「紘征さん」

「動くぞ」

紘征が色気の滲むバリトンで槙弥に前置きする。

「一緒に連れていって」

槙弥も答えた。

「ああ」

最初はゆっくりと、それから徐々にスピードを上げ、動きを大きくし、快感を追う。

「あああ、あ、あっ」

槙弥は頭の中で小さな火花がいくつも飛んでいるような心地になり、乱れた声を上げ続けた。

全身を激しく揺さぶられている途中で、ほろりと幸せの涙がひと粒零《こぼ》れる。

八年前に小さく灯った恋の火は、意外にもあの場限りで潰えてはおらず、今こうして確かな光を放つ大きさになったのだ。

その火はきっと、この先も燃え続けていくだろう。

そんな確かな予感さえ抱きながら、槙弥は紘征と一緒に最後の高みを越え、幸福という名の雲に飛び込んだ。

眠れぬ夜は抱きしめて

1

かねてより計画されていたネオ・エックス・ビル・プロジェクトは、着工に向けて順調に動いている。

成清《なるきよ》建設の社内は、それまで以上に活気に満ちていた。

この開発事業を成功に導くための要《かなめ》となったのは、建築デザイナー五辻紘征《いつつじこうせい》にビルのデザインを引き受けてもらえるかどうかだった。その交渉役に抜擢され、五辻に首を縦に振らせることに成功したのは、槙弥《まきや》の手柄だ。表に出ていないところで思いがけない偶然が味方したのは確かだが、槙弥以外の人間が五辻を口説こうとしたとしても、これほど短期間のうちに上手《うま》く話が纏《まと》まったかどうかは怪しい。真っ向から実力だけでもぎ取った契約だ、と胸を張れないのは少々悔しいが、槙弥でなければたぶん今回五辻を担ぎ出せなかっただろうという自負はある。

上からの期待に十分応え、高い評価を受けたことは誇りに思っている。

何かと絡んできていた先輩格の課長補佐、能勢《のせ》との間にも、大きく水を空けた感があった。

槙弥にとってさらに幸運だったのは、才能溢《あふ》れる新進気鋭の建築デザイナーを恋人にできたことだ。

能勢は最近、信じられないほど槙弥に対しておとなしい。成り行きから五辻が「槙弥は自分の恋人だ。何か文句があるのか」と堂々と言ってのけて以来、分が悪くなったと思ってか臍《ほぞ》を嚙《か》みながらも引っ込んでいるようだ。よほど五辻に睨《にら》まれるのを避けたがっているらしい。ヘタなことをして支社にでも飛ばされては大変だと警戒しているのかもしれない。確かに、今の五辻の発言にはそのくらいの影響力はあった。上層部の気の遣いようは並ではないのだ。

煩わしくてたまらなかった能勢を遠ざけられ、その後の仕事も順調に運んでいる。ぶっきらぼうで素っ気ないところはあっても、才能溢れる魅力的な男と相愛になれた。槙弥は過ぎるほど幸せで、今の状況に満足していなければならないはずなのだが、世の中そうそう自分の思い通りにいくことばかりではない、と嚙みしめさせられることがこのところ続いている。

本社ビル十二階のラウンジに一息入れに来た槙弥は、紙コップ式のコーヒーを手に窓辺に立って外の景色を眺めつつ、昨晩五辻と電話で交わした会話を反芻《はんすう》し、もやもやした気分を払拭《ふっしょく》できずにいた。

『えっ、また？　また今度の日曜もだめなの？』

あからさまにがっかりとした自分の声が、まだ耳朶《じだ》に残っている。

『ゴルフなんだ』

五辻の返答は無情さを感じるほど淡々としていた。もともとそういう喋《しゃべ》り方をする男だとは承知しているが、自分と比べてあまりにも気持ちに温度差がありすぎるようで、槙弥はちょっとショックを受けた。

できることなら毎日でも会いたいところを、お互いに仕事があって忙しいのだからと一生懸命堪《こら》えている槙弥からすると、五辻は酷《こく》なくらい冷めているように思える。

好きの気持ちを言葉にして伝え合い、恋愛関係になって、そろそろひと月が経つ。

夢中になってますますのぼせていくのは槙弥ばかりで、五辻は反対にどんどん冷静になっていくようで辛《つら》い。感情が空回りしている気がするのだ。

まさか、もう飽きられたのか……。

女々しいと自嘲《じちょう》しながらも、槙弥はその考えを笑い飛ばしてしまえない。

こと恋愛に関しては、槙弥はとんと自信が持てずにいる。もともと経験豊富ではないうえ、男同士は初めてだ。頭の芯《しん》がくらくらするような濃密なキスも、乳首を弄《いじ》られてはしたない声を上げることや、体の奥に相手の一部を受け入れて達することなども、すべて五辻に教えられた。

それらを受け止め、悦楽に溺《おぼ》れることで、槙弥は精一杯だ。

自分からも五辻を満足させてやれているとは、とうてい思えない。

今度の土曜は事務所で仕事をするというのは前から聞いて知っており、諦《あきら》めていた。だが、まさか日曜まで予定を入れていたとは考えもせず、槙弥はいっきに落ち込んだ。

いったい自分は五辻にとってどういう存在なのか。

マイナス思考が頭の中をぐるぐる巡る。

「まぁ、確かにゴルフも仕事のうちだと言えなくはないけど……」

それにしても、五辻はあまりにも槙弥をないがしろにしている気がする。——気のせいだろうか。単に槙弥が卑屈になっているだけだろうか。

五辻を信じて理解しなければと思う反面、もっと構って欲しい、自分を優先させて欲しいという我《わ》が儘《まま》が湧《わ》いてくる。

熱かったはずのコーヒーが徐々に冷めていっていたのに気づいたのは、背後から近づく靴音を耳にしたときだ。

広々としたラウンジのあちらこちらで、談笑したり打ち合わせしたりする社員たちのざわめきがしていた。考え事に浸っている間は掻《か》き消えていたそれら周囲の音も、気を取り直した途端いっきに押し寄せる。無色無音の世界からいきなり現実に引き戻された心地だ。

槙弥が立っている場所は、カウンターもスツールもない窓際の一角だ。先客がいるとわかっていながら、その同じ場所にわざわざ足を向けてくる人物は珍しい。知り合いか、用事のある人間が近づいてきたのかと思い、槙弥はおもむろに振り返った。

「やぁ」

すらっとした体つきの、いかにもエリート然とした理知的な雰囲気の男が、槙弥と視線を合わせるや気さくに挨拶《あいさつ》してくる。

槙弥は目を細め、眉根を寄せた。

誰だろう。どこかで見た覚えのある顔だが、とっさに部署と名前が一致しない。これほど顔立ちの整った印象的な男をすぐに思い出せないということは、今までに言葉を交わしたことのある直接の知り合いではないはずだ。成清建設には本社だけで千人を超す社員が勤めている。その一人一人を把握するのは端から無理な相談だ。それにしてもこの男のことは誰しもが知っていて当然のような気がして、妙な焦りと緊張を覚えた。

仕立てのいいチャコールグレーのスーツを品よく着こなした男は、躊躇《ためら》いもなく槙弥の傍《そば》に歩み寄ると、親しみを感じさせる笑みを浮かべた。淡く色づいた肉薄の唇からちらりと零《こぼ》れた白い歯に、思わず視線を釘付《くぎづ》けにされる。

初対面のはずなのに、まったく屈託がない。さりげなくも大いに自信と余裕に満ちた態度だと思い、槙弥は少なからず気圧《けお》された。

「営業部の篠崎《しのざき》槙弥くん？」

「はい」

明らかに相手が年上、しかも役職も上に違いない雰囲気で声をかけられたため、槙弥は神妙に返事をした。あなたは誰ですか、と聞きたい気持ちが喉《のど》まで出かけていたが、知らないこと自体すでに失礼に当たるかもしれない。迂闊《うかつ》な発言は控えた方が賢明だ。微妙な駆け引きの必要を感じた。

「きみか、五辻先生を口説《くど》いたっていう功労者は」

男はほっそりとした腕を組み、若干槙弥を見下ろす格好で話を続ける。手入れの行き届いた白い指に、結婚指輪が嵌《はま》っているのが見て取れた。

五辻のことで正面切って褒《ほ》められるのはこそばゆい。また、こんなふうに褒め言葉をかけてくる者自体稀《まれ》だった。羨望《せんぼう》の眼差しを注がれたり、ごまをすられたり、あるいは面白くない顔をされたりというように、槙弥は常に何となく遠巻きにされ、皆とは違った立ち位置にいる扱いを受けることが多いのだ。それは多分に槙弥の出自のせいだった。ほとんどの人たちが、槙弥を七曜《しちよう》グループ会長の孫と知ると、目の色を変える。プラスに見られて取り入ろうとされる場合が多いのだが、逆に何をしても七光りと見なしてやっかまれることも少なくない。どちらにしても、槙弥には迷惑以外の何ものでもなかった。

「よくやったね。すごいことだと思うよ」

「ありがとうございます」

他に気の利いた言葉を何も思いつけず、槙弥は短く答えた。

まだ相手が誰かわからないため、非常に居心地が悪い。功績を認められるのはもちろん嬉《うれ》しいしありがたいと思う。だが、せっかく一人になりたくてラウンジにまで上がってきたのに、知りもしない相手から話しかけられるのは、正直言って煩わしかった。自然、口調もよそよそしくなりがちだ。

そんな槙弥の受け答えにも相手は気を悪くしたふうではなく、穏やかに微笑したままだ。遠慮して離れる気配もない。

「五辻先生の評判と噂は僕もしばしば聞いていたが、実際に会ってみると耳にしていた以上に素晴らしい方だ。一緒に仕事ができて光栄至極だと感激しているよ」

思いがけぬことを言われ、えっ、と槙弥はあらためて男を注意深く見つめた。

五辻と会ったことがあるのかこの人、と少々複雑な気分になったのだ。

「あの……？」

どなたですか、と言外に訊《たず》ねる。

ああ、と男は切れ長の目をスッと細めた。まだ名乗っていないことに遅ればせながら気づいたようだ。

「これは失礼。僕は建築部にいる姫野《ひめの》だ。今回、ネオ・エックス・ビルの現場を初めて所長として任されることになった」

「え、あなたが、姫野さんですか」

今度こそ槙弥はまともに驚いて目を瞠《みは》った。

姫野清爽《きよあき》――おそらく成清建設内において彼のことを知らない人間はいないだろう。東工大《とうこう》を首席で卒業後、業界でも五本の指に入るスーパー大手の建設会社成清建設に鳴り物入りで入社した、天才肌の超エリート。入社四年目から副所長として現場に出、以降傑出した実力をあちこちでいかんなく示し、各現場の所長たちにことごとく「やり手」「完璧主義《かんぺき》」等と賞賛されて認められ、絶大な信頼を置かれている男である。

いずれ遠くないうちに、どこかの現場に所長として出るだろうとは、以前からずっと囁《ささや》かれ続けていた。それがなんと、社を挙げての一大プロジェクトであるこのネオ・エックス・ビルの現場に大抜擢されて、社内を騒然とさせたばかりだ。

三十一や二で所長にまで昇進した例は、成清建設の社歴が始まって以来、まだ四人目か五人目という快挙らしい。

現職の所長たちの多くが「新時代を象徴するようなランドマークの建設には若い感性が必要。ここは姫野が一番の適任。姫野ならやれる」と口々に太鼓判を押して推薦し、上層部の決意を促したという。

姫野、の前には、尊敬と感嘆を籠《こ》めて「あの」と付くのが常になっている、現在最年少の所長なのだ。

その噂の超エリートがこの人なのか——。

槙弥は意外さにまじまじと姫野を見つめてしまう。

「何？　僕の名前は知ってた？」

揶揄《やゆ》するような顔つきで姫野が聞く。自分の名前が一人歩きしていることなど気にかけたこともなさそうに飄々《ひょうひょう》とした様子だ。

「有名、ですから」

槙弥が事実を答えると、姫野はふっと口元を綻《ほころ》ばせる。槙弥の率直さを気に入ったのかもしれない。

「なるほど、有名、ね。だけど、それを言うならきみこそだ」

「そうでしょうか？」

なんとなく好まざる方向に話が向かっていきそうな予感がして、槙弥は心持ち冷ややかに返す。槙弥が有名と言われるときに引き合いに出されるのは、たいてい七曜グループ会長の孫、という立場だ。それは槙弥が最も不愉快に感じ、できれば避けたいと思うことだった。ことに姫野のような実力で皆から認められている男に口にされるのは、何とも言い難い屈辱的な気分がする。とても心穏やかにしていられず、嫌みなのかと突っかかってしまいそうになるのだ。

姫野は、あからさまに虫の居所を悪くした槙弥にすぐ気づいたようだが、べつに悪びれたふうでもなく、かえって面白そうな顔をした。

「十分知れ渡っているよ。五辻先生の首を縦に振らせた功労者ってことでね」

「……僕が篠崎勝治郎《かつじろう》の孫だから、ではないんですか」

皮肉を籠めて槙弥が自分から言い足すと、姫野は「まぁそれもある」とあっさり頷《うなず》く。

こいつ、と槙弥は悔しさでいっぱいになった。

姫野にかかれば槙弥など手のひらで踊らされているだけの情けない存在だ。たったこのくらいの短い会話でもそれが如実になった気がする。格の違いを見せつけられるようだ。

「しかし、きみがうまくやってくれたお陰で成清建設はおおいに面目が立ったのは確かだ。ときには不本意な噂話が先走ることもあるかもしれないが、気にする必要はないと思うな。世の中には人の成功を羨《うらや》んだり妬《ねた》んだりする連中は大勢いる。いちいち真に受けて腹を立てていたらこっちの身が持たない」

「そうですね。でも、僕はまだ姫野さんみたいに達観しきれないんです」

「羨ましがられるだけ自分が恵まれていると思えばいい」

「恵まれてるって、運にですか？」

「運も実力のうちだから、気兼ねすることはないよ」

いったい励まされているのか貶《おとし》められているのか……槙弥はどっちつかずの気分を味わわされつつ、むすっとして唇を閉ざした。姫野を見ていると、綺麗な花には棘《とげ》がある、という文句を思い出す。まさしくそんな印象なのだ。

「もしかして、怒った？」

「……茶化しているんですか？　いくらなんでも、僕ももうそんなふうにからかわれる歳じゃないですよ」

「じゃあ、僕がきみに替わって五辻先生を週末独占するのが気に食わない？」

「どういう意味かわかりません」

半ば図星を指されて狼狽《うろた》えながら、槙弥は姫野の言わんとしていることがよく摑《つか》めず、本気で訝《いぶか》しんだ。なぜ姫野がそう思うのかわからない。まさか、五辻との特別な関係を勘づかれているのだろうか。でなければ、独占するだの気に食わないだのという、個人的な感情をちらつかせた言葉が出ることはない気がする。まずそこに気を取られていたので、週末ゴルフだと言っていた五辻の予定に、他でもないこの姫野が絡んでいることを知らされても、それに対する反応は二の次になっていた。

「深い意味はないよ」

言葉の通りだ、と姫野は肩を竦《すく》めた。

そう返されると、槙弥もさらにしつこく聞くわけにいかなくなる。ヘタに追及するうちに、うっかり口を滑らせでもしたら、かえって藪蛇《やぶへび》になりかねない。五辻との関係が恋愛感情を含んでいることは、滅多な人間には知られたくなかった。

恋愛感情は抜きだとしても、自分がやっとの思いで口説き落とした相手を、ここから先は営業職の槙弥ではなく、今後直接現場で密接な関わりを持つ所長の姫野がフォローする、ということには、確かにいくばくかの不服は感じる。そういう意味では、姫野の言い方もあながち的外れではない。

だがこれも、通常の仕事の流れからいくと、ごく普通の経過だ。

すでに槙弥は次の仕事に入っている。それも一件や二件ではなく複数だ。中には、ネオ・エックス・ビルほどではなくても、会社としてかなり力を入れている物件も含まれており、実際問題として槙弥がいつまでもネオ・エックス・ビル・プロジェクトに関わっていられるわけではない。

五辻の希望で多少は槙弥もまだ関わってはいるが、その機会もここ最近はぐんと減った。

槙弥に替わって姫野が完璧に五辻の相手をしているからだ。

それを槙弥はあらためて、まざまざと思い知らされた心地がする。

――そうか、五辻は明後日姫野と一緒にゴルフをするのか。

槙弥は遅ればせながら落ち着かない気持ちになりつつ考えた。

プレーしながら、二人は建築に関する深くて有意義な意見交換を、喜々としてするに違いない。文系出身で営業畑の槙弥では、内容が専門的かつ高度なレベルに及んでくると、もっぱら五辻の話を聞いているだけになりがちだ。顔には出さなくとも、五辻はたびたび手応えがなくてつまらない気分になっているかもしれない。だが、姫野とならばいくらでも難しい話ができるのだ。

槙弥と会うより姫野と付き合うことを優先させたとしても無理はない。今の五辻の頭を占めるのは、いかに完璧に満足のいく仕事をこなすかだ。少なくとも、現場を仕切る最高責任者が姫野に決まってから、五辻の仕事熱が増したことは確かだった。

べつに、五辻が槙弥をないがしろにしているとまでは思わない。平日の夜、忙しい仕事の合間を縫って食事に誘ってくれたり、腰に来るセクシーな声で「泊まっていけ」と囁かれたりして、愛情と幸せを感じさせてもらってはいる。

それでもまだ足りない、もっと会いたいと欲深に望むのは、きっと槙弥がどうしようもなく我が儘だからだろう。

噂の姫野清爽を実際目の前にして、槙弥の心は大きく揺れていた。

まさか、これほど綺麗で線の細い男だとは想像もしなかった。エリートという言葉以前に、現場で指揮を執る人間の印象が先行し、槙弥が他で知っている所長たちの多くがそうであるように、浅黒い肌をしたいかにも頑健そうで頼り甲斐のある親分肌の人物を勝手に思い描いていたのだ。

五辻もさぞかし姫野を知って意外だったのではなかろうか。

二人が並んで立っているところを思い浮かべるだけで、槙弥の胸は不穏に騒ぐ。きっと様になって、周囲を瞠目《どうもく》させるに違いない。

槙弥には、姫野より自分が優れていると自信を持てそうなところが、とっさに一つも挙げられなかった。愕然《がくぜん》とする。

「ふふ、きみは意外と小心みたいだな」

槙弥が黙ったままでいると、姫野はまたしても癪《しゃく》に障る失礼な物言いをしてきた。

たちまち槙弥は不愉快になり、顔を怒らせた。

「今ここで初めて会った人に、そんなふうに決めつけられる理由はないと思いますが？」

「まぁ、そうかもしれないね」

姫野はしゃあしゃあとして答えた。

胸ポケットから取り出したメンソールの煙草《たばこ》を細い指で一本抜き、唇に挟む。

「僕の言うことも、いちいち気にしなくていいよ」

「それもまた勝手ですね」

「失礼」

姫野は短く言って、銜《くわ》えた煙草にライターで火を点《つ》けた。そのため、いったい何に対する詫《わ》びだったのかあやふやになる。

槙弥はますますムッとした。

人当たりは穏やかでいかにも害がなさそうだが、その実、姫野は一癖も二癖もある油断できない男なのではないか。そんな疑いが頭を擡《もた》げてきて、警戒心を強くする。

槙弥は言うだけ言ってぴたりと口を閉ざしたまま満足そうに煙草を燻《くゆ》らせる姫野を、ひっそり横目で睨みつけた。

結婚指輪をした左手に煙草を持ち、長く細い煙を吐く様は、槙弥にふと青木《あおき》を思い出させる。六本木《ろっぽんぎ》のバー『BLUE』のオーナー兼マスターである青木瞬《しゅん》は五辻の親友だ。その青木と姫野の煙草の吸い方には、どことなく似通った印象がある。

同時に槙弥は、姫野の嵌めている細い結婚指輪に注目して、姫野は家庭持ちのようだからよけいな心配をする必要はないじゃないか、と思い直しもした。

五辻も意外と身持ちの堅い誠実な男だ。いくらでももてそうなのに、槙弥と付き合う前は長いこと独りだったらしい。

――俺はおまえ以外の男には興味が湧かないんだ。

嘘か本当か確かめる術《すべ》はないが、いつだったか五辻は槙弥にきっぱりとそう告げた。

思い出すとじわっと頬《ほお》が熱くなってくる。

「それじゃあ僕はそろそろ仕事に戻りますので」

槙弥はお先にと断りを入れて姫野の傍を離れていきながら、五辻を信じていればいいだけのことじゃないかと自分自身に言い聞かせていた。

2

日曜の午後いっぱいをざわついた気持ちのままなんとか過ごした槙弥だったが、日が暮れてしまうと急に寂寥《せきりょう》感が込み上げてきて、誰かと会って話がしたい気分になった。一人で鬱々《うつうつ》と塞ぎ込んでいるのに嫌気が差したこともある。

セーターにスラックスという普段着にダッフルコートを羽織り、マンションを出た。

十二月も半ばを迎えた街中は、至るところにクリスマスを感じさせる飾り付けが施され、華やいだ雰囲気に彩られている。

槙弥の行き先は外出を思い立った時点で決まっていた。

青木のバー『ＢＬＵＥ』だ。

「いらっしゃい」

黒いドアを押して一歩店の中に足を踏み入れたところで、すでに馴染《なじ》みとなった青木の声と笑顔に迎えられる。

「こんばんは」

槙弥はいつもの通りカウンターの中央付近に腰掛けた。

相変わらず、今夜も客の入りは悪い。

「もしかして僕が一番乗り？」

「そ。今日は日曜だしね」

青木はまるで商売っ気のなさそうな、悠長な口調で返事をする。そして、槙弥に何も聞かず、ギムレットを作る準備を始めた。

槙弥は、淀《よど》みのない流れるような青木の動作を目で追いかけ、見惚《みと》れた。背の中ほどまで伸びた髪を束ねるヘアゴムは、シャツと同じ深い紫色だ。青木はどんな色の服でも着こなす。身に着けていて違和感がなかった。

シェイカーを振りながら青木が聞いてくる。

「明日は会社？」

「もちろん会社ですよ」

どうしてそんなことを聞くの、と槙弥は首を傾《かし》げる。訝しげにする槙弥と視線を合わせた青木は、小気味よさげに口角を上げ、ニヤリとしてみせた。

「いや、槙弥がわざわざ日曜に俺のトコに来てくれるなんて、珍しいこともあるものだと思っただけだ。まさか、あいつと喧嘩《けんか》でもした？」

「喧嘩するも何も」

槙弥は思わず唇を尖《とが》らせた。

青木の前ではこんなふうに、自分でも呆《あき》れるほど子供じみた感情表現が素直にできる。五辻とのことを誰より理解してくれている青木に甘え、信頼を寄せているからだ。五辻本人には洩らせない愚痴も、青木にならば自然と打ち明けられる。今は互いを「悪友」と呼び合い、学生時代に持っていた恋愛関係は完全に解消されているという二人だから、槙弥もつい青木を相談相手として頼ってしまうのだろう。また青木が槙弥をたいそう気に入ってくれており、とにかく可愛がってくれるのだ。歳はそれほど極端に変わらないが、青木には槙弥が危なっかしくて放っておけない存在に思えるらしい。

「まぁ、お飲みよ」

冷凍庫から取り出した霜《しも》付きのグラスを革製のコースターに載せ、青木は振り終えたシェイカーの中身を注ぐ。グラスの上でシェイカーを揺すると、ガシャッガシャッと砕けた氷が中でぶつかり合う音がする。最後の一滴が綺麗《きれい》にグラスの縁のギリギリまで埋める様は、いつ見ても感嘆ものだ。一杯一杯に青木のカクテル作りに対する愛情と真剣さが籠められているようで、飲む方の気持ちまで引き締まる。

槙弥がグラスを注意深く持ち上げて唇を付けるのを見やってから、青木は「いい？」と煙草を示して槙弥に許しを求めた。

もちろん槙弥は頷く。

青木が煙草に火を点けて最初の煙を吐き出す仕草は、やはり金曜の午後にラウンジで初めて顔を合わせた姫野を思い出させた。なんの気なしに青木が煙草を吸う様に視線をやっていた槙弥だったが、その点にだけはもやもやした心境になった。

「何？　変な顔して。やっぱりあいつのことで何か拗《す》ねてるの？」

「そうじゃないんだけど」

槙弥は歯切れ悪く否定する。

この際だから胸に溜《た》め込んだものを吐き出そうかという気持ちになったのは、相手が他ならぬ青木で、槙弥の態度が普通ではないと察して話を振ってくれたからだ。

「あの、瞬さんはどう思います？　十二月にゴルフなんて、寒いし芝も枯れているしで、酔狂じゃないかな？」

おやおや、と青木は眉尻を跳ね上げ、含み笑いした。唐突にゴルフがどうしたなどと槙弥が言い出すとは想像がつかなかったらしい。

「好きな連中には芝が枯れていようと天候が少々悪かろうと関係ないみたいだよ。あいつ、今日ゴルフだったの？」

「うちの所長と」

　ごまかしたところで意味はないので、槙弥は気まずいながらも肯定した。こんなふうに話すと、まるで構われたがりで聞き分けのない恋人だと受け取られるかもしれず、恥ずかしい。しかし詰まるところ、せっかくの休日を接待ゴルフなどで潰《つぶ》されたことに苛立《いらだ》っていたのは事実だ。二人の関係を知る青木の前では取り繕う気にもなれない。

「所長って、姫野さん？」

　青木はふうっと煙を吐き、まだ長いままの煙草を灰皿に捻《ねじ》りながら聞く。

　槙弥は驚いた。青木が姫野を知っているような口ぶりなのが、意外だったのだ。

「瞬さん、姫野所長を知ってるの？」

「二度ほどここで会っただけだよ」

　ここ、と言うとき、青木はまさに今槙弥の座っている位置を顎《あご》で示した。

「嘘。まさか、紘征さんと一緒だったわけじゃないよね？」

　青木が否定してくれるのを期待しながらも、槙弥の胸はすでに裏切られたような悔しさ、心外さでいっぱいになっていた。

　普段から常連客しか入らない『ＢＬＵＥ』に偶然姫野が訪れたなど、およそあり得そうもないことだ。五辻が連れてきたと考える方がしっくりくる。

「何も気にするようなことじゃないよ、槙弥」

イエスの代わりに青木は槙弥を宥《なだ》める口調で言った。

口の中がじわじわと苦くなっていく気がする。槙弥は心を落ち着かせようとして、冷たい酒で唇を湿らせた。

「知らなかったな。いつ、って聞いてもいい？」

「気にしてるなら聞くのはよした方がいいんじゃないか」

「でも、それだとますます気になる」

「そう？　槙弥、もしかしてあいつが信用できなくなってる？」

「……今は少しだけ」

槙弥は精一杯正直な気持ちになって白状した。

「そりゃ困ったな」

うっかり失言した俺のせいだ、と悔やむ顔つきになった青木に、槙弥は慌てて首を振る。べつに青木が悪いとは思わない。

槙弥はむしろ、五辻が自分に一言も告げなかったことにショックを受けていた。なぜかと言うと、槙弥が何度「一緒に行こう」と誘っても渋い顔をするばかりでいっこうに乗り気になってくれなかった五辻が、あろうことか姫野を連れてここに来ていたとわかったからだ。

自分一人蚊帳《かや》の外に置かれているようで辛くなる。五辻は『BLUE』を一人で飲みたいときに行く店だと決めていて、だから槙弥と一緒のときには足を向けたがらないのかと思っていた。だが、姫野とならばよかったとは、どういうつもりなのか。今すぐ五辻に食ってかかりたくなるくらい悔しく、また哀しかった。姫野に対する蟠《わだかま》りが——嫉妬《しっと》心が、膨らむ。

槙弥は少しずつ飲んでいたギムレットを、いっきに傾け、呷《あお》った。

強いアルコールが喉《のど》を焼く。

「う……」

ごふっ、と槙弥は噎《む》せた。

「槙弥」

苦しげに顔を歪《ゆが》ませた槙弥に、青木は素早くミネラルウォーターを入れたグラスを差し出し、

「飲むんだ」

と強く促した。

槙弥は逆らうことなく従った。おかげでずっと楽になる。目尻に浮いていた生理的な涙の粒は、さりげなく指の腹で弾き飛ばす。自分の脆弱《ぜいじゃく》ぶりを露呈したようで、不甲斐なさすぎて恥ずかしい。女々しすぎると自己嫌悪に陥りそうだ。

「今夜はもうあんまり飲ませない方がいいようだな」

「ごめん、瞬さん」

どうしてこんなちょっとしたことで簡単に落ち込んでしまうのだろう。

最近少々情緒不安定なのかもしれない。

「俺としては、きみに頼られるのはまんざらでもないんだが。きみは本当に歳の割りにウブで、いい感じに手がかかるよな。可愛い弟みたいなもんだ」

青木は冗談とも本気ともつかぬ調子で言うと、俯《うつむ》いていた槙弥の頭頂部をくしゃりと撫《な》でた。

長い指で髪を掻《か》き乱される感触は心地がいい。

いつの間にかこめかみから頬を辿《たど》って下りてきた指が顎にかかる。

「し、瞬さん」

前に一度だけキスしたいと言われたときのことが頭を掠《かす》め、槙弥は焦って青木の手首を押さえた。顔を上げて目を合わせる。青木は悪戯《いたずら》を見つけられた子供のようなヤンチャさの浮かぶ瞳で槙弥を見返した。

「実は俺、キス魔なんだよね、槙弥。紘征から聞いてない？」

「聞いてない、ですけど」

「あいつも迂闊《うかつ》だな」

じっと見つめられると、槙弥は意志の強い青木の瞳に取り込まれてしまいそうな、妖《あや》しい気持ちになっていく。それくらい青木の目の威力は強かった。

槙弥がなんとか振り切って逃れられたのは、五辻のことを脳裏に浮かべたからだ。

ここでもしまた青木とキスしたら、槙弥は後悔するだろう。たとえ五辻が姫野とよからぬ関係になっているとしても、槙弥自身は五辻を爪の先ほども裏切りたくないと思っている。それが槙弥のプライドの持ち方だ。

「キスをする相手には、僕以外の人を探してくれませんか」

「ああ、その方がお互いのためかもしれないね」

青木も拍子抜けするほど簡単に退く。

やはり冗談だったのかと安堵の溜息と共に、槙弥は青木の難解さ、一筋縄でいかなそうな性格をあらためて思い知らされた気分だった。

「帰る?」

新しい煙草を銜えた青木が、何事もなかったような調子でさらりと聞いてきた。

どうしようかと槙弥が迷ったのは一瞬だ。

「やっぱりもう少し飲んでからにします」

「OK。きみの具合がよければ、俺ももちろんその方が嬉しいよ」

今度は掛け値なしに本気らしく、青木は満足そうな笑顔で答えた。

五辻が姫野を連れてここに来たこと自体にはまだ納得し切れていなかったが、かといってこのまままた一人になり、あれやこれやと悩んだり疑心暗鬼になったりするよりは、青木の傍で好きなカクテルでも傾けている方がいい。

ギムレットの残りを槙弥が飲み干す間、青木は静かに煙草を吹かしているだけだった。自分から五辻や姫野の話をしようという気配はまったく窺《うかが》えない。もし槙弥からいろいろ話しかければ答えてくれるかもしれないが、槙弥も、二人がここでどんな様子だったのか聞きたい気持ち半分、このままなかったことにして封印したい気持ち半分で、自分でも今ひとつ心が定まらない状態になっていた。たぶん、こういうときには、そっとしておくに限るのだろう。

青木は槙弥のグラスが空いたのを見定めると、果物皿に盛りつけられていたオレンジを取り、フレッシュジュースを搾《しぼ》り始めた。

辺りに爽《さわ》やかな柑橘《かんきつ》系の香りが広がる。

槙弥は僅《わず》かながらも癒された気持ちになった。

思うように会えない日々が続くうえ、五辻の傍にはまさしく彼に引けを取らない才色兼備の姫野がずっといる――正直、槙弥の心配は募るばかりだ。

どうしても自分に自信が持てない。

離れていても平気だと言い切ってしまえないのが、とても辛い。

姫野が既婚であろうが他に誰かいようが、五辻の興味が槙弥から姫野に絶対移らないという保証はどこにもなく、それが槙弥をどうしようもなく不安定にさせるのだ。

五辻が信じられないわけではない。ただ、姫野がすごすぎて、果たしてこんな男と近づき合った五辻がどう反応するのか、まったく想像できないだけだ。才能のある者同士であればあるほど互いに惹かれ合うのではないかという予感がする。凡人の槙弥にはどうすることもできない領域の話だ。相手が姫野でなかったならば、槙弥の心もここまで揺れ動かない。

「はい、バレンシア」

ぐるぐると巡り始めた暗い思考を遮るように、明るいオレンジのカクテルが差し出された。

「つまらないことばかり考えてないで、冷たいうちにお飲み」

青木は優しくそう言って、ポン、と槙弥の頭を平手で押さえるように軽く叩《たた》いた。

「俺にはきみが何をそう塞ぎ込むのかわからないな。紘征はきみと付き合い始めた二ヶ月前からまったく変わっていないだろ？」

「たぶん」

変わったのは、最近とみに忙しくなった五辻の環境くらいだ。しかしそれも、槙弥が必死になって持ちかけたネオ・エックス・ビル建設の仕事が、いよいよ本格的に始動しだしたからである。槙弥に文句の付け所を見つけることはできなかった。

五辻自身は変わっていない、と言ってくれた青木の言葉を鵜呑《うの》みにして安心したい。

「俺の見たところ、あいつは相変わらずきみにメロメロだよ。きっとあいつもきみ以上に週末会えなくて残念がっているんじゃないかな」

青木は槙弥の望む通りのことをわざわざ口にしてくれた。

本当にその通りなら嬉しい。

――明日、と槙弥は思い切って考えた。

明日なんとか時間を作って、五辻の事務所を訪ねてみるのはどうだろう?

ただじっと手をこまねいて待っているのは、精神衛生上よくない。

3

五辻《いつつじ》の事務所『アトリエ　SPHERE』は南青山《みなみあおやま》にある。大通りから分かれる狭い道を入り込んだ先の比較的閑静な場所に構えられており、ガラス張りになった一階部分のデザインがアーティスティックで前衛的な印象の、三階建てのビルだ。建物自体は鉄とガラスで造られた硬質なものだが、周りを囲むように植えられた常緑樹のお陰で、無味乾燥で冷たくなりがちな素材の持つ雰囲気を和《やわ》らげていた。

すっかり日が暮れた中、一階オフィスから洩《も》れる柔《やわ》らかなイエローの明かりが、建物の手前にある三台分の駐車スペースにまで届いている。

駐車されているのは国産のステーションワゴン一台だ。

それを見た槙弥《まきや》は、少なくとも新貝《しんがい》さんはいるようだとわかって心強くなった。特に何といって用事があるわけではなく、アポイントも取らずに突然ふらりと足を運んできた。もし五辻が留守の場合、槙弥の馴染《なじ》みのない顔触ればかりが集まっていると、営業がわざわざ何をしに来たのだと迷惑がって待たせてもらい辛《づら》くなりそうで、少しだけ心配していた。

新貝は今年三十八の、穏やかで面倒見のいい一級建築士だ。実質的に五辻の右腕と言える存在で、槙弥も以前に何度か面識があった。基本的に弟子を取りたがらない五辻が珍しく気に入った様子の、かなり稀《きれ》な存在だった。

「こんばんは」

出入り口のガラス扉を押し開けて、先に首だけ入れて事務所内を見渡す。

「はい？」

最初に気づいて振り返ったのは、手前にあるファイル棚の前に立っていた若い男だ。学生のアルバイトだろうか。ピンピンに跳ねた茶色の髪とラフな服装がいかにもそんな感じを与える、生意気そうな顔をした男だった。

室内には彼以外に六、七名のスタッフがいた。

皆、槙弥になど気づきもせずに、一心不乱でパソコン画面や製図板と向き合っている。中にはお気に入りの音楽でも聴いているのか、ヘッドホンをした者もいる。歳の頃は全体的に若めで、全員男だ。その割りにむさ苦しい感じがしないのは、洗練された事務機器をスマートに配した部屋が、小綺麗に保たれているからだろう。

槙弥に注意をくれた男は、無遠慮に胡散臭《うさんくさ》そうなものでも見る目つきをする。

「成清《なるきよ》建設のものですが、五辻先生はおいでですか？」

ああ、というふうに男が寄せていた眉間《みけん》の皺《しわ》を消す。だが、彼が口を開くより、室内の右手奥に見える幅広の螺旋《らせん》階段を下りてきた新貝が槙弥を見つけて声をかける方が早かった。

「あれっ、篠崎《しのざき》さん！」

新貝は左脇《わき》に抱えた大きな筒状の書類入れ三本を手近の作業台に載せると、急ぎ足に槙弥の傍《そば》まで寄ってきた。アルバイトの男は、やれやれ面倒を回避できたとばかりにすでに自分の作業に戻っていて、槙弥にはもうかけらほどの注意も払っていない。

「どうしたんですか。先生は今、外出してるんですよ。そろそろ戻る頃だとは思いますけど、何時になるか正確にはわかりませんね」

「あ、いや……、近くまで来たものですから、ちょっとご挨拶《あいさつ》に寄ってみただけです」

内心の失望を押し隠し、槙弥はできる限り明るい口調で返した。

「すみません、いきなりお邪魔して」

「いえいえ、とんでもない。よかったらお茶でも飲んで行かれませんか。お時間は？」

「時間は構わないのですが」

それならぜひ、と新貝に勧められ、槙弥は煩わせてしまって申し訳ないと思いながらも、一目でもいいから五辻に会いたい気持ちに勝てず、言葉に甘えることにした。

事務所の一角を書類棚と観葉植物で区切り、心地よい応接セットを据えた場所に通される。

ここは業者との商談場所兼スタッフの休憩コーナーとしてフレキシブルに使用されているらしく、壁際にミネラルウォーターのセットされた給水器と、大きめのコーヒーメーカーが用意されていた。エスプレッソやカプチーノも抽出できる機器だ。

新貝は槙弥の好みを聞き、来客用と思《おぼ》しきカップにカプチーノを入れて持ってきてくれた。

「久し振りですよね、篠崎さんがお見えになるのは」

手ぶらになった新貝は、槙弥の斜め前に立ったまま話しかけてくる。新貝の仕事は取りあえず一段落ついているらしく、このままここに槙弥を一人にして放っておくのが忍びないようだ。優しくて気配りのできる人である。それでいて建築士としても有能とくれば、五辻が信頼するのも当然だった。

前に五辻と会ってからでもすでに十日が経つが、事務所を訪れるのはかれこれ二週間ぶりになる。

「なかなかお目にかかれなくなって寂しいなぁって先生とも話していたばかりですよ」

新貝の言葉は単なるお世辞かもしれなかったが、それでも槙弥はドキリとし、密《ひそ》かに胸を弾ませた。

電話での五辻は実に素っ気なく、用件だけ話したらすぐにでも切ろうとするのが常だ。会えずに寂しいと思っているのは槙弥だけなのかと哀《かな》しくなるほど、淡々としている。

それが単なるポーズで、実際には五辻も槙弥と同じくらい焦れったい気持ちでいてくれるのだとすれば、まだ槙弥も安堵《あんど》できる。睦言《むつごと》の最中にどれだけ愛情に満ちた言葉を囁《ささや》かれても、ふと我に返ったときに不安になるのは、槙弥が五辻を満足させている自信を持ち切れないからだ。男同士のセックスは五辻とが初めてで相変わらず翻弄《ほんろう》されっぱなしだし、それ以外の時にも気の利いた会話の一つも交わせていない気がして、一人になってから後悔することも多い。

そんな中、姫野《ひめの》の存在を知り、二人がずいぶん親しい付き合い方をしている感触を得てしまったので、槙弥はとうてい安穏としていられない心境だった。

少しでもいいから会いたいと思ってこうして押しかけてしまったのも、すべては五辻の本心が知りたいためだ。電話越しではなく、槙弥の目を見て「好きだ」と言って欲しい。それだけでもきっと槙弥の気持ちは軽くなる。

「……最近は、弊社の建築部の者がよくお邪魔しているようですが」

槙弥は新貝に探りを入れるように聞いていた。

どうしても姫野のことは無視できない。やり過ごしてしまえない。どうせ気になるのなら、自分から話題にした方が精神的に楽だと考えてだった。

「ええ、姫野所長、あの方うちの先生と実にウマがお合いになるみたいで、先生ここのところえらくご機嫌なんですよ」

五辻と槙弥の特別な関係などまったく与《あずか》り知らない新貝は、なんの含みもなさそうに率直な見解を口にする。

ある程度は覚悟していたとはいえ、槙弥はたちまち消沈した。

やはりそうなのか……と、暗い気持ちに浸される。ついさっき新貝に嬉《うれ》しがらされた言葉はこの新たな発言で跡形もなく消え失せてしまい、槙弥の心にすでに留まっていなかった。

「いやぁ、あの方は本当にすごいですね」

新貝の口調は徐々に熱を帯びてくる。本気で憧憬《どうけい》し尊敬していることが、ひしひしと伝わってきた。

「設計部の方と一緒に来られて、よくここでミーティングされるんですけど、あの方ご自身も図面を引かれるそうで、いつもかなり突っ込んだ部分まで議論が白熱するんです。とにかく先生の描かれた絵を忠実に起こしたいとお考えのようで、先生も相当信頼して喜んでいるみたいです。や、もちろん先生はああいう性格ですから、はっきり口に出しはしませんけどね」

この分だと予定よりも早く設計図が上がりそうですよ、と意気揚々と続けられた新貝の言葉を、槙弥は右から左に聞き流していた。

姫野の顔がまざまざと脳裏に浮かんでくる。

世の中には稀に、姫野のように何もかも恵まれた人間がいるものだ。羨《うらや》んだところでどうなるものでもないのだが、わかっていても槙弥は溜息《ためいき》をつかずにはいられない。

五辻と出会う順番がもし違っていたなら、きっと今頃槙弥の傍に五辻の姿はないだろう。確信を持ってそう思う。

出会いが早くて幸運だったような、不幸だったような、どっちつかずの気分になる。

これから心変わりする五辻を見せられるくらいなら、最初から縁がない方が楽だったのではないか。そうとも思えるのだ。

おそらく槙弥は、今、ずいぶん卑屈になっているようだ。

もともと出来のいい兄たちの存在があるせいで、小さな頃からコンプレックスを味わわされてきてはいるのだが、姫野のことはその比ではなかった。

五辻が絡んでいるのでよけい過敏になっているのかもしれない。

「あれっ、お客さんか！」

新たな声がして、槙弥はハッと我に返った。

誰かが槙弥が来ていることに気づかず、休憩するつもりでこちらのスペースに足を踏み込んだらしい。

「すんませんねぇ、うっかりしてて」

「あ、どうぞお気遣いなく」

槙弥は半ば腰を浮かしつつ答えた。

勢いだけで訪ねてきたものの、やはり帰ろうか、と思い始めたところだった。ついでなのでこれを機にこの場を辞してしまおうという気持ちが湧《わ》いてくる。

「やぁ、なんだ、ずいぶん綺麗で品のいいお坊ちゃんだね」

「金田《かねだ》さん、だめですよ、からかっちゃ」

新貝が苦笑いして窘《たしな》める。

いきなり乱入してきたのは、すでに四十を超えた年格好の、四角張った赤ら顔が一見厳めしげな男だった。だが、見かけによらず案外気さくで人懐っこいタイプのようだ。場の雰囲気が堅苦しいものではなく、むしろ暇つぶしに雑談していただけだと察すると、すぐさま自分も和んだ態度になる。

「篠崎さん、いいから座って、座って」

金田に遠慮して席を立とうとしたのだと思ったらしい新貝に繰り返し言われ、槙弥はやむなくまた腰を下ろした。

「篠崎さんは先生のお気に入りだから、よけいなちょっかいかけるとヤバイですからね」

「ははぁ、そうか、あんたが例の成清の営業担当か」

金田も納得したように頷《うなず》く。

従業員用らしいプラスチックカップにアメリカンコーヒーを入れてきて、ドカッと槙弥の隣に座る。槙弥が誰かわかったせいか、遠慮する素振りもなかった。

槙弥は槙弥で、お客というより単に遊びに来た知り合いという扱いにされるのを、むしろ気兼ねせずにすむためありがたく受け止めた。

「いやぁ、なんか、聞きしにまさる美人さんだねぇ」

「篠崎さんは男ですから。お間違えのないようにお願いしますよ」

「そんなことわかってるに決まってんだろ。美人ってのは男にだって女にだって使える言葉なんだぜ、新貝チーフ」

話題にされている当の本人の槙弥は、苦笑いを浮かべ、困惑しながら、二人の遣り取りを端で聞いていた。戯《ざ》れ言《ごと》なのか真面目なのかはともかく、金田に悪気がないことだけは確かなようだ。

「あんた、いくつ？　兄弟は？」

しばらく聞き役に徹するつもりでいたところに、唐突に話を振られる。

槙弥はえっと不意を衝かれ、「二十七です」と反射的に答えた。

「上に兄が二人いますけど」

続けて答え、それが何だというのだろうと訝《いぶか》しむ。向かいに座る新貝も、腑《ふ》に落ちなさそうな表情をしていた。

「やっぱり末っ子か。いかにもそんな感じだ。なんか育ちが良さそうで四方八方から舐《な》めるように可愛がられてきたって雰囲気がする」

「そんなこと、ないですけど」

両親も祖父母も兄たちも、別段槙弥をそんなふうに甘やかしはしない。確かに愛情はたっぷり注いでもらってきたと思うのだが、舐めるようになどという表現をされると複雑な気分だ。声にも戸惑いが表れる。

金田は槙弥の困惑を感じ取ったのか、それから先は言い訳がましい口調になった。

「いやね、うちの先生、普通ならなかなか取っつきにくいだろ。仕事に関しては特に頑固で我流を通す人だしさ。しばらくはビルなんかの大きな仕事をやる気はないって聞いてたから、今度の一件にはびっくりしたよ。先生に前言撤回させてビルの設計をやると頷かせたのはいったいどんな奴かと、前から興味津々だったんだ」

「まぁ確かにそれはあるね」

新貝も目を細めて同意した。

「案外、先生、綺麗な男に弱かったりしてな」

さらに調子に乗って金田が茶化す。

「今度の現場所長、彼も珍しいくらい綺麗な顔してるよな。あっちはうへぇと言わされるほど鋭くて容赦がないから、とてもこんなふうには言えないけどさ。もしかして成清は先生の嗜好《しこう》を調べてそこにちゃんとあんたや所長みたいなタイプを当ててきてるのかね？」

「まさか。そんな言い方は失礼ですよ、金田さん」

さすがにこの遠慮会釈のない言いようには新貝も眉を顰《しか》め、金田を軽く睨《にら》む。

失礼だと不愉快にまではならなかったものの、槙弥はまたもやここで姫野の名が出たことにギクリと身を強《こわ》ばらせていた。

このところ、どこへ行っても姫野、姫野だ。

避けて頭から追い払おうとしても執拗《しつよう》に追いかけてこられているようで、恨めしくなる。

「すいませーん……自分もお邪魔していいッスか」

また一人別の男が顔を覗《のぞ》かせた。今度は二十代後半くらいの男だ。

どうやらちょうどスタッフが一服入れる頃合いになったらしい。

それからすぐ、さらにもう一人現れて、休憩スペースは満員状態になった。

ほとんどが営業の槙弥とは初対面のスタッフばかりだが、皆、噂だけは聞いていたらしく、「ああ、きみが」と同じような反応をし、一度顔が見たかったとばかりに好奇心満々の態度を示す。

単なる冷やかしや変な邪推からそういった扱いを受けるのは我慢ならないが、いずれも悪意など微塵《みじん》も持ち合わせず、むしろ槙弥をマスコットか何かのように可愛がりたくて仕方がない様子なので、槙弥もここは開き直って皆の中心に収まり、構われるままになっていた。これも付き合いの一つだ。それなりに長く営業をしているせいか、こういったシチュエーションにもある程度免疫はついている。

どうも槙弥は、末っ子気質や、らしさといったものが表に出ているようで、年上には気に入られやすい。利害関係が絡むと、同僚の能勢がそうであるように、敵意を剝《む》き出しにして突っかかってこられがちだが、そうでない場合には『可愛い』と甘やかされることが多かった。もういい加減そんな歳ではないだろうと自分でも恥ずかしくなるが、相手からすると歳など問題ではないようだ。得な生まれつき、と兄たちにもよく言われる。

仕事は忙しいかとか、休日は何をするのかとか、はたまた彼女はいるのかなどといった質問をあちこちから浴びせられ、槙弥も人当たりのいいところを見せて適当に相手になる。

「彼女はいないです」

これは決して嘘ではないよなと胸の内で思いつつ返事をすると、「へえっ？」とその場にいた皆が意外そうにした。

「じゃあ、いっそのこと俺と付き合わないか？」

金田が明らかな冗談を飛ばすのに付き合って、槙弥もつい「いいかもしれませんね」とにっこり笑って返す。最近本当に槙弥に構ってくれなくなっている五辻に対する密《ひそ》かな当てつけも心の中に芽生えていたのだろう。

「でも、金田さんお忙しそうだから……。僕、あんまりずっと放っておかれると、浮気するかもしれませんよ」

すっかり打ち解けた雰囲気の中、大胆なことを口走ってしまった。

おお、と周囲が沸く。

「こりゃ脈ありだよ、金田さん」

「がんばれ、先輩」

若手二人が調子づいて応援する。

「おいおい、そろそろ皆、仕事に戻れよ」

さすがにちょっと図に乗りすぎてきたと感じたのか、それまで静かに傍観していた新貝が口を挟んだ。

鋭い声が飛んできたのは、まさにそのときだった。

「何を騒々しく盛り上がっているんだ、ここは」

観葉植物の鉢《はち》の陰に、いつの間にか五辻の姿がある。

槙弥は心臓を射抜かれたような気持ちで五辻を振り仰ぎ、視線をぶつからせてさらにドキリとした。

黒地のスーツに、濃いダークグレーのシャツをノーネクタイで合わせた五辻が、すぐ近くに立っている。十日ぶりだ。槙弥の胸は否応もなくざわついた。

不機嫌そうな仏頂面《ぶっちょうづら》をしていても、込み上げてくる恋情の方が勝る。

ようやく会えた喜びが槙弥を高揚させた。じわりと頬《ほお》が熱くなっていくのを感じる。それと同時に、さっきの冗談めいた遣り取りをどのあたりから聞かれていただろうか、という不安にも駆られた。浮気するとかしないとか、よく考えたら、ずいぶんまずいことを喋《しゃべ》っていた気がする。

「すみません、先生。お帰りだとも気づかずに。どうもお疲れ様でした」

集まってがやがやしていた皆が一斉に口を閉ざし、気まずげに俯《うつむ》くなり頭を掻《か》くなりする中、新貝が落ち着き払って謝り、五辻に頭を下げる。

「さぁ、みんな、もう一頑張りだ」

新貝に促された面々は「どうも」「騒いですいませんでした」などと口々に言いながら、休憩スペースを離れていく。

最後に新貝も、もう一度丁重に一礼して「失礼します」と出ていった。

後に残されたのは槙弥だけだ。

気まずい。槙弥は空気の重さを今更ながらに感じ、心地悪くなった。

「……来ていたのか」

葉陰から出てきた五辻は、槙弥をひたと見つめ、抑揚のない声で呟《つぶや》いた。

しばし思案するような間を取った後、顎《あご》をしゃくって槙弥を促す。

「話があるなら外を歩きながら聞く」

有無を言わせない口調だった。

「はい。すみません、突然に」

槙弥は取りあえず営業担当の顔で答えると、五辻の背に付き従って、皆が仕事に戻った事務所内を横切っていく。

「新貝くん、ちょっとまた出る。その辺までだから何かあったら携帯に連絡してくれ」

「わかりました」

途中、五辻は新貝に声をかけただけで、後は一度も口を開くことなく、槙弥がついてきているかどうか確かめようともせずに、どんどん歩を進めていった。

なんとなく嫌な雲行きになりそうな予感がする……槙弥は肩幅の広い五辻の背を見つめながら、つっと眉を顰めた。

＊

「連中に囲まれてずいぶん愉《たの》しげにしていたな」

大通りとは逆方向に歩いていきながら、五辻はようやく槙弥を振り返った。意志の強さの表れた切れ長の瞳でじろりと見据えられる。

唐突で、槙弥はヒヤリと心臓を縮ませた。

久々に会えたというのに、五辻から甘い雰囲気に持ち込んでくれそうな気配は微塵《みじん》も感じられない。虫の居所が悪そうなことだけ明らかにわかる。放たれた言葉も、嫌みとしか受け取れなかった。そうなると、槙弥もたいがい気が強いので、ムッとしてしまう。せっかく会いに来たのに、五辻が少しも嬉しそうな顔をしないのが、がっかりでもあった。もしや、迷惑に思われているのだろうかと落ち込む。そして、その原因に、またもや根拠もなく姫野を思い浮かべてしまった。

「べつに普通に話していただけだよ」

五辻の言い方が癇《しゃく》に障った槙弥は、対抗するように突っ《つ》慳貪《けんどん》に返し、プイと顔を背けた。

何の変哲もない一方通行の狭い道の片側にある歩行者用の道を、半歩五辻に遅れて歩いていく。すっかり暗くなった戸外をこんなふうにあてもなくぶらぶらするのが久し振りのデートになろうとは、想像しもしなかった。いったい、五辻は本気で槙弥のことを好きなのだろうか、と疑いたくもなる。

槙弥の反抗的な返事に、五辻はさらに機嫌を損ねたらしい。

肩を若干怒らせたことで槙弥は敏感に察した。感情をあからさまにされなくても、槙弥には五辻の仕草で、その時々の心の流れがなんとなく摑《つか》める。好きで、五辻のことはどんな些末《さまつ》なことでも知っておきたくて、観察眼を働かせているからだ。

「金田に思わせぶりな科白《せりふ》を吐いていたのも、普通の話だったわけか?」

「なに、それ、なんのこと?」

「惚《とぼ》けるつもりか。金田がその気なら付き合ってもいいと言っていただろう。満更でもなさそうにな」

「あれは……」

あれは単なる冗談だ。もちろん金田も承知の上だった。それをまさか、ここで五辻に持ち出されるとは思いがけず、槙弥は啞然《あぜん》としてしまう。よもや本気ではないだろう、と窺《うかが》い見た五辻の横顔はきつく引き締まったままだ。ただでさえ表情に乏しい男なので、槙弥には五辻の本心は捉《とら》えがたかった。

「……ばかばかしいよ、紘征《こうせい》さん」

それより他にもっと話すことがあるはずだ。

せっかく二人きりになれたのに。

槙弥はきゅっと唇を結んで、歩幅を広くした。やっと五辻と肩を並べる。

槙弥が真横に来ても、五辻はまっすぐ前を向いたまま頬の肉をピクリと引きつらせただけで、それ以外に反応らしい反応はいっさい見せなかった。怒っているのだろうか。

ずっと会いたいと思っていた五辻にようやく会えたというのに、いざとなってみると、なんだかぎくしゃくとしている。

「もしかして、僕が来たのはまずかった？」

不安が込み上げ、槙弥はおそるおそる聞いてみる。

「何か用事があったのか？」

五辻の返事は、およそ槙弥が期待したものとは異なり、愛想もなにもあったものではない。

槙弥は激しい失意と落胆に胸が塞がれたように苦しくなった。

用事がなければ来てはいけなかったのか。もう今後は来るなということなのか。確かに公私を混同させてしまった自覚はある。それについては反省もしよう。だが、こうでもしなければさらに会えない日々が続きそうでたまらなかったのだ。

べつに、今からどこかに連れていってくれと無茶を言うつもりはない。

ただ、一目でいいから会って、以前と変わらぬ気持ちを確かめられれば満足だった。そんな小さな望みすら、多忙になって時間に余裕のない五辻には負担なのかと思うと、がっかりしてしまう。いや、がっかりを通り越して、ショックだった。

再会して、いきなり体から始まった関係――槙弥は忸怩《じくじ》たる気持ちで反芻《はんすう》する。しょせん五辻の興味は、槙弥の体を征服し尽くすことで満足し、潰《つい》えるような、安易なものだったということなのだろうか。

違う、ときっぱりはねつけるだけの自信は、今の槙弥には持てなかった。

「邪魔だった？」

なんとか声の震えを抑え、聞いてみる。もちろん内心では否定してくれることを切望しながらだ。

だが、五辻はどこまでも冷淡で、とりつく島もなかった。

「そうだな」

一言のもとに、槙弥の希望を粉々に打ち砕く。

そのつれない返事を耳にした途端、槙弥はいっきに頭に血を昇らせてしまった。目の前が真っ暗になる気がした。五辻は槙弥のことを邪魔だと言ったのである。耳を疑う余地もない。

「ああ、そう。それは大変失礼しました、五辻先生！」

槙弥はその場で急に足を止め、他人行儀に早口で言った。

「……」

さすがの五辻も無視するわけにはいかなかったのか、一歩進んで立ち止まり、くるりと槙弥に向き直る。

歩道にはたまたま、目に入る範囲に二人以外の姿は見あたらない。もし誰かが二人の遣り取りを近くで聞いていたら、何事だと耳をそばだてて注目したに違いなかっただろう。よけいな気を回さずにすむ分、幸運といえば幸運だった。その代わり、人目がないのをいいことに、言い争いが激しくなる可能性はあるかもしれない。

「何をムキになっているんだ」

五辻は槙弥がなぜ突然怒り出すのか理解できないという顔をしている。

こんな往来で、と呆《あき》れたような眼差しが胸に突き刺さった。

会えないことにヤキモキしているのは槙弥だけで、五辻は何も感じていないのだと思うと、ばかみたいだった。勝手にのぼせ上がって、喜んだりわくわくしたり幸福を嚙《か》みしめたりしていたのは槙弥ばかりで、五辻にとっては槙弥との関係など、日常のその他のことに紛れ込んでしまうくらい普通のことなのだと思い知らされた心地だ。

悔しさと負けん気から、槙弥は動揺を隠し、精一杯冷静な声を出す。

「ムキになってなんかいませんよ」

五辻は眉を寄せた。槙弥の性格は知っているので、無理をして意地を張っているとわかったのだろう。

だが、そこまでは考えられても、何が原因で槙弥がこんなふうに気を昂《たか》ぶらせ、不安定になっているのかには思い至れないらしい。いつもは鋭いばかりの瞳に、困惑と戸惑いがちらりと掠《かす》めるのが見て取れた。

どうやら五辻は本気で槙弥の焦《じ》れる気持ちが理解できないようだ。

「槙弥」

声のトーンを少し和らげ、五辻は言葉を選ぶような間を持たせてから続けた。

「日曜に会わなかったことを怒っているのなら……」

「そんなこと誰も言ってない！」

バツの悪さに槙弥は五辻の言葉を強引に遮った。

実際に言葉にされると、いかにも陳腐で気恥ずかしかった。まるでヤキモチ焼きの、どうしようもない甘ったれのようだ。紛うかたなき本音なのがまた許しがたい気持ちになる。ここでそれを持ち出されると、槙弥はまったく立場がない。しかも、日曜のことになると、どうしても姫野に意識が行ってしまう。あちこちで姫野の話題を持ち出され、いかに素晴らしいか、また五辻と気が合っているかなどを、聞きたくもないのに聞かされる槙弥としては、黙って受け止められない心境にもなる。

最近なかなかお互いの都合がつかずに会って話ができないうえ、心穏やかではいられない男の存在が目につき始めた——。べつにはっきりとした危惧《きぐ》を抱いているわけではないが、五辻の顔を見て少しだけでも気持ちを落ち着かせたかった。槙弥の本音はそれだ。

だが、そのために、取引先の営業という身分にかこつけ、用もないのに事務所まで押しかけて仕事中の五辻を煩わせようとしたのだと認めるのは、いったん不穏な雰囲気になってしまった以上、意地っ張りの槙弥にはできなかった。

あまりにも情けなさすぎる。頭の中が五辻のことでいっぱいだと白状するようなものだ。

五辻の冷静さを目の当たりにすると、自分一人が熱くなっているようで悔しくなる。自分も五辻のことなど気にかけていない素振りをしなければ、という考えに、なぜか捉《とら》われた。

反発心も露《あら》わな槙弥に、五辻は閉口気味に黙り込む。

年下の恋人は槙弥が初めてだ、と以前ちらりとベッドの中で白状していたことを不意に思い出す。実は五辻は、自分と感覚的に対等の立場にいない男の相手が、苦手なのかもしれない。

槙弥の脳裏にちらりとそんな考えが浮かんだ。

それでも槙弥は引くに引けないところまで追い込まれており、このまま黙って踵《きびす》を返すか、腹の中にため込んだものをぶちまけてしまうか、どちらかを自分が選ばなければならない状況になっている気がした。

頭を冷やして落ち着くという選択肢には、頭が回らなかったのだ。

「最近、姫野さんとよく一緒みたいだね。事務所の皆が言ってた」

この際だったので、槙弥は心をかき乱されている一番の原因にずばりと触れてみた。

「彼と仕事をしているんだから当然だ」

五辻は淡々とした口調で返す。姫野の件に話が及んでも、都合の悪そうな様子はいささかも窺わせない。当たり前のことをわざわざ持ち出されて呆れている感じだけが、言葉の端に覗《のぞ》いていた。

槙弥はぎゅっと拳《こぶし》に力を入れた。

よせばいいのにさらに自虐的な質問をする。

「姫野さん、すごいでしょ？」

「ああ、すごい。彼がいるお陰で俺は思う存分アイデアを駆使できる。どんな難しい要求をしても絶対に最初からノーとは言わない。それが無理でも必ず代替案を提示してくる。正直、俺もここまで今度の仕事にやり甲斐を感じて入れ込めるとは思ってもみなかった。誤算といえば誤算だな。もちろん嬉しい誤算ではあるが」

姫野のことを語るとき、五辻は今夜交わした会話のうち最も饒舌《じょうぜつ》になった。率直に褒めることも厭わない。ここまで五辻が手放しで喜ぶところを目の当たりにするのは初めてだ。

槙弥の敗北感と焦りは否応もなく高まった。

こめかみがズキズキしてくる。先ほどからずっと感じていた胸苦しさは、いよいよ息をするのさえ阻みそうなほどひどくなってきた。

それなのに槙弥は、さらに自分を傷つけかねないことを口にしてしまう。

「あの人なら、紘征さんとそう変わらない歳だよ」

「知っている」

それがどうした、とばかりに五辻は目を眇《すが》めた。槙弥が突如として思い当たった、年下は苦手なのかも、ということなど与り知らないわけだから、無理もない。

しかし、槙弥としては五辻がただ姫野の年齢を知っていたというだけで、プライベートな話もそれなりにしているのだろうと邪推し、嫌な気分を募らせた。姫野への嫉妬《しっと》心から、槙弥はどんなことに対してもよけいな想像を巡らせてしまう。

「興味あるかと思ってた。だから瞬《しゅん》さんの店にも連れていったんじゃないの？」

つい口が滑り、言わずに置こうと思っていたはずのことまで言っていた。しまったと思ったときにはすでに後の祭りだ。

「槙弥、それは……」

嫉妬なのか、と五辻は続けようとしたに違いない。

そう捉《とら》えられても仕方がなかった。槙弥が失言を後悔して青ざめたのも、赤裸々な醜い感情を五辻に気づかれ、呆れられたと思ったからだ。

小心者でプライドのない自分を激しく嫌悪する。

面と向かって五辻に狭量なところを指摘されるかと思うと、消えてなくなりたくなる。

五辻に最後まで言われずにすんだのは、ちょうどそこで五辻の携帯が鳴り始めたからだ。

槙弥を見つめていた五辻の視線が逸《そ》れる。

スーツのポケットに入れていた携帯を抜き出し、画面に出ている相手を確かめると、無視できないところからの用件だったらしくそのまま電話を受けた。

「五辻だ。どうした?」

携帯電話の向こうから槙弥の耳にも男の声が微《かす》かに聞こえる。新貝のようだ。あまり物事に動じない彼にしては珍しく口調が早い。

「……ああ、ああ、そうか」

冷静に応じる五辻の様子からは、それほど差し迫った雰囲気は受けなかったが、五辻が体を横向け、無意識にせよ槙弥を避けるような動きを取ったのは気に障った。

理性では我儘《わがまま》だと承知していたはずだが、感情が先走る。

また仕事優先か、といっきに冷めた気分になる。

先ほどの話の続きをうやむやにするチャンスだと思ったのはその後だ。

五辻には何も告げず、いきなり槙弥は五辻に背を向け、歩いてきた道を大通りに向かって引き返し始めた。

「おい！」

気がついた五辻が、稀に聞く狼狽《うろた》えた声で槙弥を呼び止めようとする。しかし槙弥はその声を無視して振り返りもせず歩き続けた。

いい気味だ。少しは焦ればいい。

意地悪な気持ちが頭の中に居座る。

きっと五辻はすぐに追いかけてくるだろう。

腕を摑《つか》まれ、「話はまだ途中だ！」と怒鳴って、帰らせまいとしてくれるのではないか。それだけでも槙弥は五辻の思いを確認できて少しは安堵できる。せめてそのくらいしてほしい。してくれるだろうと踏んでいた。

槙弥の頭には、そんなふうに小狡《こずる》く計算し、期待する気持ちが確かにあったのだ。

ところが、いくら待ってもいっこうに背後から追いつこうとする足音は聞こえない。

振り返っては元も子もなくなる気がして、槙弥もなかなか後ろを確かめられなかった。

すでに五辻の事務所に行く曲がり角は越えていた。

ブルルル、とエンジン音をさせて車が近づいてくる。槙弥はそれにかこつけて、足は止めずに首だけ回して後方を見た。

それがまさに、五辻が事務所へ続く道に入ろうと、歩道を下りて一方通行の道を横切ったところだった。

五辻は槙弥など見てもいなかった。

携帯電話を耳に当てたまま、真剣な表情で喋り続けている。

五辻の受け答えぶりを耳にしていた限りでは、そこまで火急の用件だとは思えなかったのだが、どうやら事務所に帰るらしい。

槙弥はまたもや傷ついた。

結局、五辻は槙弥を放っておくのだ。仕事をしている方が何倍も楽しいに違いない。傷つくまいとしても無理だった。

いっきに気が抜けた。

足早に歩くのをやめて、人通りも多い華やいだ大通りへと出る。

何をしているんだろうと自嘲《じちょう》したくなった。

五辻や姫野に振り回されて、ここ数日の自分は本当にどうかしている。前は決してこんなふうにはならなかったのにと思うと、槙弥を変えるだけ変えて自分はまるで変わらない五辻が憎らしくなる。

真剣に人を好きになるということは、こうもみっともない姿を晒《さら》すことなのか。もっと理性的に、スマートに振る舞うには、経験値が足りないのだろうか。いい歳をして、形振《なりふ》り構わぬ恋愛に夢中になるのは五辻が初めてだ。学生時代の付き合いなど、単なるごっこ遊びにすぎなかったのだと痛感する。

今夜はこのまま一人でいたくない。

地下鉄乗り場まで来て、槙弥はマンションに帰るのが嫌で、他に行く先はないか考えた。

表参道《おもてさんどう》に行けば、本業の傍ら趣味でセレクトショップを開いている下の兄が店に来ているかもしれない。月曜の夜はたいていそこにいると聞いている。下の兄は上の兄と比べれば、まだ優しくて取っつきやすい。厳しいことを言うにしても、加減してくれるのだ。上の兄は冗談の一つも通じない堅物なので槙弥も敬遠しがちだが、下の兄のところをふらりと訪ねるのは悪くなかった。

たまには下の兄の顔を見て、一緒に食事をするのもいいだろう。

槙弥は地下鉄に一駅乗って表参道まで移動した。

一昨年の冬、ビルごと買って一階を一つの店舗に改装して営業を始めたセレクトショップは、業界でもすっかり有名で、数々の有名人が顧客についているらしい。下の兄も相当商才のあるやり手なのだ。単に父の会社で若手重役として働くだけでは飽き足らず、自分で事業を興したくらいだ。

十二階建てビルの二階と三階がオフィスになっている。

槙弥は店内には入らず、直接二階に上がっていったのだが、間の悪いことに、顔見知りのスタッフから「ごめんなさい、ほんの五分ほど前、店長と一緒に出かけられました」と言われ、ここでも肩透かしを食わされた。

ついてない。

おかげでいよいよ槙弥はまっすぐ帰宅したくなくなった。何かに邪魔されていると思うと、意地でも自分の意志を曲げるものかと意固地になる。

あとはもう、『BLUE』しかすぐには考えつけない。

昨日の今日で、しかも憂鬱《ゆううつ》になったときにばかり青木を頼るのは自分でも本意ではないのだが、背に腹は替えられない心境だった。

いったい何をしているんだろうかと自分を罵《ののし》りつつ、槙弥はもう一度地下鉄を乗り継いで六本木《ろっぽんぎ》で降りると、『ＢＬＵＥ』の入ったビルに足を向けていた。

＊

『ＢＬＵＥ』のドアを押し開けるなり、槙弥は今夜の不運はまだ終わりではなかったのか、と天に向かって悪態をつきたくなった。

「おや」

奇遇だね、とばかりに親しみを感じさせる笑顔を向けてきたのは、他ならぬ姫野だ。

なぜここに姫野が一人で来ているんだ、と槙弥は声に出しかけるところだった。まさかこんな展開が待っていようとは、ドアを開くまで予想もしない。一瞬、違う場所に紛れ込んでしまったのかとすら疑った。

「いらっしゃい。今夜も来てくれて嬉しいよ、槙弥」

姫野の正面で氷を削っていた青木も、社交辞令でなく槙弥を歓迎する。

いつも閑古鳥《かんこどり》が鳴いている『ＢＬＵＥ』に、今晩はそこそこお客が入っている。カウンターに座っているのは姫野だけだが、フロアのテーブル席には三組の客がいた。失礼ながら、こんな賑《にぎ》わいだところに来合わせたのは初めてだ。「うちは常連ばかりだから」と言う青木の弁に出てくる『常連』をようやく確認できたわけである。

「どうした？　こっちに来てお座りよ」

しばらく戸口の前に立ち尽くし、どうしようかと迷っていた槙弥に、青木が訝しそうに声をかける。姫野がいることに躊躇《ちゆうちよ》しているとは思いもつかないようだ。

「よかったら隣どうぞ」

槙弥の気も知らず、姫野までさらりと勧め、スツールについた低い腰当ての部分を軽く引き、槙弥が来るのを待ち構える素振りを示す。

二人から促されては槙弥も拒めない雰囲気になる。

せっかく寒い中をここまで歩いてきたのに、ようやく暖かな場所に落ち着けるはずが予期せぬ先客のためにまた戸外に出なければいけないのかと思うと、それも理不尽な気がした。

姫野などべつに意識しなければいいだけのことだ。そう自分に言い聞かせ、槙弥はコートを脱いでコーナーに置かれているポールハンガーに掛けた。

カウンターに歩み寄り、あえて姫野から二つ離れたスツールを選んで引きかける。

「僕の隣は嫌？」

そこですかさず姫野に遮られ、槙弥は努めて平静を保ったまま、体ごと斜めにして槙弥を見つめる姫野と視線を合わせた。

「いいえ、そういうわけじゃありませんけど」

渋々心とは裏腹の返事をする。嫌だと言えるものなら言いたかった。しかし、いくら社外とはいえ、そこまで割り切るのは難しい。曲がりなりにも相手は部長クラスと同等か、地方の支社などに出れば支社長より上という扱いになるのだ。大規模な現場の所長というのはそのくらい地位が高い。

仕方がないので、腹を括《くく》って姫野の隣に腰かけた。

さして知った仲でもないのに、こうして並んで座るのは奇妙な心地だ。話すことも特になくて、ひたすら気まずい。姫野は平気なのだろうか。ちらりと横目で窺うと、すんなりした指がオールドファッショングラスを持ち上げるところだった。自然な仕草で、誰が隣にいようと関係ないようだ。

容貌からは神経質そうに見えるが、実際は相当肝の据わったタイプらしい。

槙弥は軽く下唇に歯を立てた。

できることなら自分もこうありたいと思う存在が、槙弥の周りには大勢いる。祖父や父、二人の兄――そして、姫野もだ。これといった具体的理由もなく、五辻が姫野と一緒にいるというだけで心が苛《いら》つくのは、槙弥にコンプレックスがあるからに違いない。そうとしか考えられなかった。

姫野といると槙弥は特に卑屈になる。

みっともないことをしているとは承知でも、嫉妬するのをやめられない。不甲斐なさすぎて自己嫌悪に陥りそうだ。

「いつも顰めっ面してるね」

トン、とコースターの上にグラスを戻した姫野が人懐っこく話しかけてくる。

槙弥はいっそのこと「あなたのせいですけどね」と言ってやりたかったが、目の前でギムレットを作る準備を始めた青木の手前もあり、ぐっと堪えた。案外槙弥は外面を気にする方だ。心に思ったことをストレートに出せる性格だったなら、もう少し楽になれたと思う。

「もともとこういう顔なんです」

ツンと取り澄ましたまま、槙弥はできるだけ感情を殺した声で返す。

カウンターの中を流れるような動作で右に左に移動しながら、グラスやリキュールの瓶を揃《そろ》えている青木は、しばらく二人の会話に加わってくる気配はなさそうだ。槙弥一人で姫野の相手をしなくてはならないのかと思うと、早くも気が重くなってきた。

「そうかな?」

姫野は両肘《ひじ》を突いて顎《あご》の前で手を組み、酒瓶の並ぶ前方を見据えた。槙弥には鼻筋の通った横顔を向ける格好になる。うっすら笑みを刷《は》かせた口元と、半ば瞼《まぶた》を伏せて細めた目が、槙弥を揶揄《やゆ》しているように感じられる。いかにも余裕たっぷりだ。

「どうも僕はきみに疎まれているようなんだが、それも単なる気のせいだろうか？」

ズバリと姫野が核心を突いてくる。

まさかこう歯に衣着せずに来られるとは予想外で、槙弥は動揺した。なんと答えればいいのかすぐには考えつけない。面と向かってこんな質問をされたのは、記憶にある限り初めてだ。普通は思っていても直接本人にはぶつけないものだろう。口論していて激昂《げっこう》しているのならばまだしも、涼しげな顔つきで冷静に問われては、思い切り困惑してしまう。やはり姫野は気の抜けない相手だ。

「そんなこと……ないです」

仕方なく槙弥はうわべだけの返事をした。他にどう言いようもない。わざわざ同じ会社の切れ者上司に目を付けられるような発言をする必要はなかった。槙弥も自分が可愛い。まだまだ上に行きたいという野心も人並みに持ち合わせている。槙弥をよく知らない人たちからは、鷹揚《おうよう》に構えた御曹司《おんぞうし》だと思われがちだが、どちらかといえば槙弥はハングリーなタイプだ。優秀な兄たちと自分を比較し、常々敗北感や羨望《せんぼう》を味わわされてきた環境がある。厳しく躾《しつ》けられる反面、皆からこぞって可愛がられ、大切にされてきたが、それに甘んじるつもりは毛頭なかった。負けず嫌いはそのせいだ。

槙弥のとってつけたような答えに、姫野は「ふうん？」と、いかにも信じていないのが明らかな相槌《あいづち》を打った。

「僕はてっきり五辻先生のことが原因かと思っていたよ」

「ど、どうして……どういう意味ですか？」

心臓が跳ね上がり、動悸《どうき》が激しくなる。槙弥は声を上擦《うわず》らせた。

「どうしてかはこっちが聞きたいくらいなんだけど」

姫野は組んでいた手を外し、ゆっくりと首を回す。斜め四十五度の角度で見る姫野は、男性ながら妙に艶っぽかった。あらためて美貌に溜息が出そうになる。

「言い訳させてもらえるなら、僕と五辻先生は仕事を通しての付き合いだけで、それ以上踏み込んだ関係になったことはないよ。今後なる予定もないし」

「なんのつもりでそんなこと言うんです」

「この期に及んでまだわからないふりするつもりかい？　きみも往生際が悪いね」

「よけいなお世話です！」

カアッと耳朶《じだ》まで上気させ、槙弥は口を尖《とが》らせてはねつけた。姫野に翻弄《ほんろう》されっぱなしの自分が歯がゆい。だが、対抗するだけの力は持ち合わせないのだ。

「心配しなくても、五辻先生は僕なんかには目もくれないよ」

不機嫌さを隠さずにいる槙弥に構わず、姫野は勝手に話し続ける。

ふと、槙弥は姫野の左手の上で目を止めた。

薬指に嵌《は》めていた指輪がない。つい、まじまじと注視してしまう。

「……ああ、あれ？」

槙弥の視線に気づいた姫野がちょっと気まずげに苦笑する。ちらっとカウンターの中の青木を流し見て、青木がシェイカーを振るのに横を向いているのを確かめると、安堵したような表情を覗かせた。そして、そっといつも指輪のある位置を右手で撫《な》でる。

「あれはただの煩わしさ避《よ》けなんだ」

「言い寄られないための、ですか？」

姫野は目つきで肯定する。

「三十超えると、いろいろ周りが騒々しくてね」

確かにそれも無理はない話だ。姫野と結婚したがる女性はきっと掃いて捨てるほどいる。取りあえず指輪をしておけば、既婚者だと思って諦《あきら》める人の数は多いだろう。

「人事や上司には事実婚と説明してある。籍を入れない主義だとね。それで実際ずいぶん楽になっているよ」

「いい考えかもしれませんね」

取りあえず当面の盾にはなりそうだ。面白いとは思ったが、槙弥はさほどの関心を持たず、あっさりと流してしまおうとした。ついさっき、五辻は姫野に目もくれないと姫野の口から聞いたばかりだ。それを信じるならば、実は独身だから差し障りがあると危惧しなくてもいいのだろう。

なぜか槙弥は、姫野に嘘をつかれていないと信じられた。五辻がどうと言うよりも、姫野自身が五辻に特別な感情を抱いていないことが、そこはかとなく伝わってきたのだ。

「もう少しきみを安心させてあげよう。僕はあれ、五辻先生と会うときにも必ずしているんだ。まぁ……一度だけちょっと都合が悪くなって、途中でこっそり外したけどね」

そう言って姫野はニコリと意味深な含み笑いを浮かべてみせる。

「たぶん、先生には僕の狙《ねら》いが読めたんじゃないかな。帰り際に、ここが気に入ったみたいだなって言われたから」

ああそうなのか、と槙弥は姫野の言わんとすることを漠然とながら理解し、また一つ気持ちが楽になった。姫野が最後に付け加えたことの真意は想像するしかないが、どちらにしても五辻と無関係であることは間違いなさそうだ。

五辻に苛々《いらいら》して当たったのは、槙弥の憶測による他愛もない誤解だったということが、いよいよ明らかになりつつあった。

まずい、と青ざめる。

五辻に悪いことをした。大人げないことをした。心の底から反省されてくる。穴があったら入りたい心境だった。

「どうやら打ち解け合えたみたいだね」

頃合いを計りでもしていたのか、そこに青木がすっと加わってくる。

まるで心を読まれたようなタイミングで、槙弥は驚くと同時に感心した。

手元に置かれた霜付きのグラスにギムレットが満たされる。

喉《のど》が渇いていた槙弥は、きんと冷えたカクテルで口を湿らせ、舌に残る強いアルコールを香りと共に味わった。

「美味《うま》そうに飲むね」

姫野は槙弥を見て呟くと、二人の中間に立っている青木を振り仰ぐ。

「僕も何か作って欲しくなりました」

「なんなりと」

青木が冗談めかして僅《わず》かばかりに腰を折り、恭《うやうや》しく答える。

姫野は少し思案するような表情をしていたが、やがて青木を正面からじっと見つめると、

「……マスターのイメージで何か僕に作ってもらえないですか」

と頼んだ。

「わかりました」

青木も姫野を躊躇いもなくまっすぐに見返して、何かとても重大な決意を迫られたような真剣な顔つきをする。

二人の遣り取りを端で見ていた槙弥は、雰囲気に呑《の》まれてしまっていた。

こんなふうに緊迫感を漂わせた青木は初めて見る。

槙弥の知らないところで、青木と姫野は互いを意識し合っているようだ。

急に、もう一度五辻に会いたい気持ちが膨らんでくる。青木と姫野の曰《いわ》くありげな、駆け引きめいた会話が、なぜともなく槙弥の頭に五辻を浮かばせたのだ。

もっと素直に「元気かどうか確かめたくてちょっと顔を見に来た」と言えばよかった。事実、槙弥はそのつもりで行ったのだ。それが、たまたま間の悪いことが重なったせいで、五辻を不愉快にさせた挙げ句、よけいな話ばかりして、関係を拗《こじ》らせたまま逃げ帰る羽目になった。

姫野の隣でのんびりギムレットを啜《すす》っている場合ではない気がしてくる。

「あの、瞬さん、僕……」

「紘征のトコに行くのか?」

言い辛さに言葉を途切れさせかけた槙弥の後を、青木が何もかも承知したような口調で引き継ぐ。

槙弥は狼狽え、慌てて姫野を見る。

まだはっきりと五辻との仲を告白したつもりはないのだ。ばれるじゃないか、と焦った。

しかし、姫野は聞いていたのかいないのか、まるっきり無関心を装って、ちょうど灰皿の上で店のマッチを擦ろうと構えたところだった。薄い唇にはいつの間にかメンソールの煙草《たばこ》を銜《くわ》えている。

青木が一瞬早くポケットから摑み出したライターに火を点《とも》し、姫野の前に翳《かざ》す。

姫野はマッチを擦る手を止め、青木の持つ火に煙草ごと顔を近づけた。

よくある光景のはずなのに、ぞくぞくするほど色気のあるシーンに出会した気がする。二人の様子があまりにも様になっていたせいだ。映画のワンシーンを見るようだった。

槙弥は思わずコクリと喉を上下させ、ギムレットの残りをいっきに飲み干した。

「べつに止めないけど、先生はまだ事務所だよ」

細く長く煙を吐いてから姫野が教える。

もう槙弥はムッとしなかった。二度手間にならないよう、知っていることを前もって聞けて助かったと思う。

気の持ち方次第で、同じことを言われても受け止め方がこうも違うとは、我ながら現金な限りだ。些細《ささい》な誤解はこんなふうにして、いつでもどこでも口を開けて待っているのだろう。それを思うと背筋が寒くなる。取り返しのつかないことにまでならなくてよかった。今ならまだ十分間に合うはずだと信じられた。

「さっき会社から電話がかかってきた。施主の西坂《にしざか》氏が設計を一部変更したいと言ってこられたそうだ。大至急図面を直さなきゃならないので、今夜先生のところは大わらわになっているはずだ。実は、僕も行って手伝いましょうかと先生に電話でお伺いを立てたんだが、気持ちだけで結構と断られた。――もしかすると、きみの気持ちをあまり逆撫でしたくなかったのかもしれないね」

怒っている真っ最中にかかってきていた新貝からの電話。

槙弥は今更のごとく、あれはそんな大変な用件だったのか、と愕然《がくぜん》となった。電話越しに洩れ聞こえた新貝の口調は確かに焦燥たっぷりだと思ったが、受けていた五辻があまりにも落ち着いていたため、単に新貝が一人で舞い上がっているのだとしか思わなかった。

急遽《きゅうきょ》図面を引き直しとなると、姫野の申し出は願ってもないことだったはずだ。だが、事情は事情でも、槙弥が姫野に蟠《わだかま》りを持っているらしいと気づいていた五辻としては、わざわざ姫野を夜中に呼び寄せて仕事を手伝わせるのは、新たにいらぬ誤解を生じさせる元だと配慮して断ったのだろう。

自分がよけいな邪推ばかりしていたせいだ。

申し訳ないと反省するのと同時に、正直、嬉しくもあった。

「すみません、僕、今夜はこれで」

槙弥は弾かれるような勢いでスツールを下りていた。

邪魔にならぬよう、ちょっとだけ顔を出し、差し入れだけでも置いてこようと思う。

「ああ。紘征によろしく」

薄紫色のリキュールを手にしながら、青木も見送ってくれる。

いったい青木は姫野のイメージとしてどんなカクテルを作るつもりだろう。見届けられないのが残念な気もした。

「これからは、あんまり先生を困らせないように」

最後は姫野にやんわりと釘《くぎ》を刺される。

反省した矢先ではあるものの、槙弥は性懲《しょうこ》りもなくムカッとした。もともと怒りっぽくて我慢の足らない性格なのだ。しかし、言い返せないだけのことをすでにしている自覚に邪魔されて、ここは顔を不服そうに歪《ゆが》ませただけでやり過ごす。

「あなたもたまに意地悪だね、姫野さん」

青木が姫野を苦笑交じりに窘める。

「こういう男は嫌いですか?」

姫野の返事はそれだった。

さすがの青木も「まいったな」とぼやいて本当に困った顔をする。

なんだか当てつけられているようだ。どのみちここに長居はできなかったなと思う。遅ればせながら、姫野が指輪を外して一人で『BLUE』にいるわけがはっきりと理解できたのだ。きっと五辻もとうに気づいているに違いない。だから五辻は、槙弥が姫野のことでカリカリするのが、逆にピンと来なかったのだろう。ようやく槙弥にも様々なことが見えてきた。

「また近いうちにお邪魔します」

「いつでもどうぞ。たまには紘征にも顔を出すよう言っておいてくれ。あいつ、目の前で俺がきみをからかったり親しげにしたりするのが嫌なもんだから、決してきみと一緒には来ようとしないんだぜ。知ってた?」

それも初耳だ。

なんだ。なんだ、そんなことだったのか。

いっきに暗雲が晴れたような心地がする。蓋《ふた》を開けてみれば、すべてがあまりにも取るに足らないことで、一喜一憂していた自分が恥ずかしくなる。

槙弥は『ＢＬＵＥ』を後にすると、近くのコンビニで思いつく限りの食料を買い込んだ。おにぎりやサンドイッチなどはもちろん、カップ麺《めん》やレンジ食品など、いつでもお腹が空いたときに手軽に食べられるものを中心に選ぶ。事務所にはスタッフが七、八人はいたはずなので、コンビニの手提げ袋二つがパンパンに膨れた。

両手に荷物ができたため、タクシーに乗って南青山まで引き返した。

少しでもいいから、五辻の役に立ちたい。

姫野のように実質的な手伝いはできそうにないが、嫌な感じで別れてきたままの状況を変えるだけでも、五辻は精神的な負担を減らせるのではないか。

もちろん槙弥自身も肩の荷を下ろせる。

いつまでももやもやした気分を引きずっているのは、普段の時でも辛い。

タクシーが停まった。

五辻の事務所『アトリエ　ＳＰＨＥＲＥ』の一階フロアには煌々《こうこう》と明かりがついている。

時計を見ると、針がちょうど午後十時を指すところだった。

4

『アトリエ　SPHERE』は文字通りてんてこ舞いしていた。

槇弥《まきや》が「こんばんは」と事務所に入っていっても、誰も気にかけない。いや、気にかけている余地など到底なく、それぞれの作業に没頭していたのだ。

そんな中、奥の専用作業台で新貝《しんがい》と頭を突き合わせて相談らしきことをしていた五辻《いつつじ》は、最初に槇弥に気づいてくれた。

虚を衝《つ》かれた顔をして、にわかには信じがたそうに目を眇《すが》める。本当に槇弥なのか、疑ってかかった様子だ。

「すみません、すぐ失礼します」

これ、と槇弥は両手に提げたビニール袋を視線で示す。

「急な設計変更で大変な状況になっていると聞いたので、差し入れを持ってきました。それだけですから」

「あ、ああ」

五辻はどこか戸惑い気味でいながらも、槙弥を真摯《しんし》な眼差しで見つめる。

「ごめんね、わざわざ。ありがとう篠崎《しのざき》くん」

もし傍《そば》に新貝がいなかったなら、ここでプライベートな会話の一つにもなったかもしれない雰囲気だったが、五辻はもちろんのこと、槙弥もしっかり分別をつけて堪《こら》えた。

「残念ながら僕にお手伝いできそうなことはないでしょうし、ここにいてもお邪魔になるだけなので、今夜のところはこれで失礼します。さっき先生に申し訳ないことをしてしまったので、お詫《わ》びがてら差し入れを持ってきただけでした」

「……ああ。ありがとう」

五辻の魅力のある低音ボイスが槙弥の耳朶《じだ》を打つ。

官能を揺さぶられる心地よさに浸され、槙弥は今夜もう一度五辻の顔を見に来てよかったと心から思った。

顔つきこそいつも通りに無表情のままだが、五辻も内心喜んでくれているのが声一つで察せられる。

「これ、休憩スペースに置いておきますから、腹の足しにしてください」

槙弥はそう言うと、二人に会釈して作業台を離れた。

奥の休憩スペースへと足を運ぶ間、しばらく五辻の視線が背中を追ってくるのを感じた。あえて振り返らなかったが、気のせいではないと信じられる。

荷物を置いた槙弥は、速やかにフロアの端を通って出入り口へと向かった。

皆、真剣な顔つきで仕事に没頭している。無駄口を叩《たた》いているものは一人もいない。何時間か前に見かけたときにはヘッドホンを耳にして仕事をしていた男も、今は外して坊主頭を晒《さら》している。金田《かねだ》も、軽口を叩いていたのが別人のように、脇目《わきめ》もふらずパソコンを操作していた。

ガラスのドアを閉める際、ちょっとだけ槙弥は五辻に視線を延ばした。

五辻は最初に姿を目に入れたときと同じく、大判の図面を指さしながらきびきびした口調で新貝にいろいろな指示を与えているところだった。

そう言えば、仕事をしている五辻の姿をまともに見るのは初めてだ。

槙弥と一緒にいて、素っ気なさを装いながらも溢《あふ》れそうな愛情を注いでくれる五辻も好きだが、厳しい態度で仕事にいそしむ五辻には本気で惚れ直しそうだ。

ふつふつと愛情が込み上げる。

あまり無理をせず、体を労《いたわ》りながらこの窮状を乗り切って欲しいと切望した。できることならずっと傍で五辻の様子を見ていたかったが、槙弥は我《わ》が儘《まま》を抑え、静かに事務所を後にした。

今度こそおとなしくマンションの部屋に帰宅する。

週末からずっと焦ったり妬《や》いたり疑ったり失望したりと、心穏やかでない状態が続いていたが、ここにきてようやくすべてに納得し、自分なりに気持ちの整理をつけられたようだ。

五辻を想いながら風呂に入り、ガウン姿のままリビングでぼんやりテレビを観る。

そろそろ五辻たちは仕事に目処《めど》をつけられただろうか。向こうは大変だというのに、こうやってぼうっとしているしかないのは心苦しい限りだが、槙弥には差し入れを持っていく以外どうすることもできない。

こんなとき、姫野《ひめの》のように有能な男なら、ジレンマを感じずにすむだろうにと考える。

しかし、槙弥はその考えをすぐさま否定した。

姫野はたまたま五辻と近い分野に才能のある男だっただけのことだ。もし、姫野の恋人がバーテンダーの青木《あおき》だったなら、姫野の持っている優れた資質も直接役には立たないだろう。つまり、単にそれだけのことなのだ。落ち着いて考えてみれば、自分と姫野を比較してもなんの意味もないことに気づく。

なんとなく自分一人早々と寝る気になれず、槙弥は午前一時を過ぎてもずっと起きていた。

暖房の効いた室内にいるためバスローブのままだ。パジャマに着替えるのは寝る前と決めている。

午前二時に少し前という時刻、いきなりインターホンが鳴らされた。

ギョッとして背筋を緊張させる。

まさかあり得ないだろう、と半信半疑だったが、五辻以外にこんな非常識な時刻に訪ねてくる相手は思いつけない。

恐る恐る応答してみると、案の定、深夜の訪問者は黒いトレンチコートを羽織った五辻だ。

「こ、紘征《こうせい》さん……！」

「顔を見せろ。会いたかった」

五辻は玄関に上がり込むなり、いきなり出迎えた槙弥を両腕で抱き竦《すく》めてきた。

息も止まるほど強く抱擁される。

五辻の髪やトレンチコートは夜気を孕《はら》んで冷えていた。タクシーを降りてから少し歩いただけで、真冬の風に嬲《なぶ》られ熱を奪われたらしい。今夜は特別寒いのだ。

「し、仕事は？」

「もちろん終わらせてきた。あれで今度こそ施主も満足するはずだ」

五辻は自信たっぷりに言ってのけ、槙弥の後頭部の髪を五指で掻《か》き乱す。

隙間《すきま》もないほどくっつけ合った体がたちまち熱を帯びてくる。

いったいどこにどんな蟠《わだかま》りがあったから五辻と気まずくなりかけたのかもすでに思い返せないほど、槙弥は五辻の腕の中で満ち足りた心地でいた。幸せすぎて頭の芯《しん》が酩酊《めいてい》したように

ぼうっとなる。

「俺は何かおまえを悩ませたか？」

一回目の訪問の時の諍《いさか》いを気にかけてか、五辻があらためて聞く。槙弥の顎《あご》を下から掬《すく》うように擡《もた》げさせ、間近で真っ向から視線を合わせての真摯《しんし》な問いに、槙弥は胸が詰まる心地を味わった。

「……ごめん。ごめん、紘征さん」

心底、悪かったという気持ちが込み上がってくる。

五辻がどれほど槙弥の勝手な空回りのせいで不穏な心境になったのか、仕事との板挟みで苛《いら》ついていたのか、言葉にされるまでもなく察せられる。

「僕、どうかしていた。紘征さんを……その、取られるんじゃないかって思ったら、なんか不安で……ものすごく不安で……」

「槙弥」

普段は鋭利な印象の際立つ瞳を、参ったなというように和《やわ》らげ、五辻は槙弥の頬に指を辿《たど》らせる。労るような優しい仕草に槙弥は深く癒され安堵《あんど》した。

「いったいおまえ以外の誰が、俺みたいに無愛想な、面白みのない男に惚れると思っていたんだ？　ただ一度きり、それもほんの数時間一緒にいただけの相手に八年間も片思いし続けていたような不器用な男だぞ」

「そ、そうだったね」

　槙弥は半ば信じがたい気持ちになりつつも素直に頷《うなず》いた。五辻の率直な言葉が気恥ずかしい。少しは自信を持ってもいいのだろうか。愛されているのだと思ってしまっていいのだろうか。少なくとも、姫野のことは何も気にする必要がなさそうだとは確信できた。

「不安がらせたのは謝る」

　五辻の腕にさらに力が籠《こ》もる。

「あ……」

　強く抱き竦められ、槙弥は喘《あえ》いだ。

「んっ……あ、紘征さん……」

　深い愛情をぶつけられ、槙弥は身に余るほどの幸福感に酔いしれた。五辻の背中に回した両手の指を、縋《すが》りつくように立てる。

「俺にはおまえだけだ」

　五辻ははっきりと断言した。

　揺るぎのない口調に槙弥はドキリとする。

「最近なにかと慌ただしくて、おまえには悪いことをしていると反省している。土曜も日曜も会おうと思えばなんとか時間を工面できないことはなかったんだが、会ってしまうと俺はきっと歯止めが効かなくなる。離しがたくてその後の予定に差し支えが出るかもしれない。電話だけで辛抱するのが今は一番賢明かと思ったんだ」

「なんだ。……なんだ、そんなふうに考えてくれていたんだ……」

五辻の態度がただ冷淡なのではなかったのだと本人の口から聞かされ、槙弥はじわりと目頭を熱くした。

ごまかすように五辻の肩に顔を埋める。

「おまえはもっと、俺に好かれているんだと自惚《うぬぼ》れて、厚かましく構えていろ」

五辻は照れ臭さでいっぱいの槙弥の顔にもう一度手をかけてきた。顎を引いて上向かせられる。そしてそのまま貪《むさぼ》るように口唇を奪われた。

「……んっ、……う」

強く吸われて、喘《あえ》ぎ声を洩《も》らす。

濡《ぬ》れた粘膜を接合させる淫靡《いんび》な感触に、あっという間に理性が弾け飛んだ。

「ベッドに行こう」

キスの合間に五辻が色気に満ちた声で囁《ささや》く。

「俺が来るのを待ち構えていたみたいにそんな艶めかしいバスローブ姿で誘惑されては、応えないわけにはいかないな」

いざというとき五辻はやはり少し意地悪だ。

槙弥は赤くなりながら、五辻に腰を抱かれたまま廊下を後退《あとじさ》り、右手のドアを開けた。

久し振りに五辻のすべてを感じられるかと思うと、それだけで心臓が逸《はや》る。脈拍が強くなる。全身が期待に火照《ほて》り、股間《こかん》のものは淫《みだ》らに形を変え始めていた。

セミダブルのベッドに押し倒される。

五辻がコートや上着、シャツなどを脱ぐ間、槙弥はドキドキしながらバスローブの襟から手を入れ、荒々しく上下する心臓を押さえていた。

体は高揚しきっている。

玄関ホールで抱き締められ、五辻の匂いと熱を感じた瞬間から、槙弥はすっかり官能の炎に全身を炙《あぶ》られていたのだ。

ギシリ、とスプリングを揺らし、五辻が槙弥の上にのしかかってきた。

槙弥は覆い被《かぶ》さってくる逞《たくま》しい裸体を両腕で抱き寄せ、瞼《まぶた》を閉じた。

「寂しがらせたな」

低い囁きが耳のすぐ傍でする。熱い息を感じて槙弥はぞくぞくした。顎が震え、睫毛《まつげ》が揺れる。くすぐったさと気恥ずかしさ、そして高まっている性感をさらに刺激し煽《あお》る淫らな感覚を受けた。

五辻は槙弥の頬や額、瞼の上と優しくキスして回った後、先ほどの濃密なキスの余韻も冷めやらぬ唇を塞ぐ。

「ああっ……！」

口唇を舐《な》めて啄《ついば》まれただけで槙弥は色気の滲《にじ》む声をたて、軽く顎を反らせた。

逃がさない、というように五辻は槙弥の頬に手を添え、唇の隙間《すきま》を尖《とが》らせた舌でこじ開ける。

「ん……っ、あっ」

弾力のある舌が口の中を存分にまさぐり、槙弥を酩酊させる。

槙弥は夢中で五辻の与える淫靡なキスについていきながら、小さな喘ぎ声をいくつも洩らした。粘膜と粘膜が触れ合う湿った音が寝室に響く。恥ずかしいのに、もっとと貪欲《どんよく》に求める気持ちが強くて、槙弥は頬を上気させながらも五辻のするままに翻弄《ほんろう》された。

キスをしながら、五辻の指は槙弥のうなじを撫《な》で上げ、髪を梳《す》く。

そして次には、身動《みじろ》ぎして襟が乱れ、大きく開いてしまっているローブの胸元に、手が滑り込んできた。

熱と肌の感触を確かめるように胸板を撫でられた。

ますます胸を大きく晒し出される。ローブは幅の小さな肩からずり落ち、腰の紐《ひも》だけでかろうじて止まっている状態だ。足を入れて割り裂かれた下肢も、太股のあたりまで捲《まく》れて露《あら》わになっている。ひどく淫らで扇情的な格好になっている気がして恥ずかしい。

胸板を撫でさすっていた手の先がほのかに隆起した乳首に触れる。

指の腹でてっぺんを転がされ、槙弥はビクッと過敏に反応し、上体を揺らした。

「んんっ、……ん」

唇を塞がれたままなのでくぐもった声しか出せない。

口角からつうっと唾液《だえき》が伝い落ちる。

「好きか、胸を弄《いじ》られるのが？」

零《こぼ》れた唾液を舌で舐め取りながら、五辻がぞくりとするような声で槙弥をからかう。

槙弥は潤んだ瞳を開け、意地の悪い男を睨んだ。自分が好きにさせたくせに、と恨み言の一つも返したくなる。だが、さすがに羞恥《しゅうち》が先に立ち、言葉にはできなかった。

五辻は槙弥の濡れた唇にチュッと音をたてて軽くキスすると、乳首への責めを本格的にし始める。

刺激を受けて膨らみ、突き出したところを、指で磨り潰《つぶ》したり弾《はじ》いたり、爪を立ててそっとくじったりして苛《いじ》められる。

何かされるたびに槙弥は身を揺すり、淫らな声を洩らしてシーツを乱れさせた。

男の胸もこんなに感じるようになるのだと五辻に教えられ、槙弥は自分がどんどん淫乱になっていく気がして動揺する。

舐られ、歯を立てて嚙《か》まれると、甘さを伴う痛みが背筋を駆け抜ける。

「ああ、あっ、……か、感じる……！」

もっと感じて泣け、と五辻は槙弥を煽った。

腰を縛るローブの紐《ひも》を解き、前を完全にはだけさせられる。

足の中心に息づくものは、すでに勃《た》っていた。

五辻のそれも、硬くそそり勃ち、槙弥の腰や太股に当たってきていた。

濡れ始めた先端を指で弄られ、竿を扱《しご》かれる。

「あ、……紘征さんっ、いやだ、そんなにしたら！」

「一度先にいけ」

「でも、……あっ、……やっ、あああ」

五辻と一緒に極めたくて我慢しようとしたが、十日ものブランクは槙弥をすっかり飢えさせており、とてもではないが保たなかった。五辻の絶妙な指戯にかかれば、槙弥の抵抗などなきに等しい。

「おまえが悪い。俺を挑発しただろう。今夜は存分に可愛がってやる」

何度でもいかせてやるから覚悟しろと、五辻は愉《たの》しげに唇の端を上げてみせる。

「い、意地が悪い……っ」

槙弥は淫らな息遣いの合間に五辻を詰《なじ》った。詰りながらも愛《いと》しさと幸福感がふつふつ湧き上がる。五辻は余裕で「なにを今さら」と返しただけだった。その顔はやはり幸せで満ち足りた様相をしていた。

「ああぁっ、イクっ」

親指の腹で冠の裏にある筋を擦り立てられ、槙弥は悶《もだ》え泣きながら腰を弾ませ、達した。

とろりとした白濁が腹に飛び散る。

「濃いな」

五辻は歓喜に噎《むせ》ぶ槙弥をあえて辱《はずかし》めることを言い、ますます官能を昂《たか》ぶらせた。

指一本動かすのも億劫に感じられるほど、強烈な快感に全身が浸されている。

「紘征さん」

槙弥は甘えた声で紘征を呼んだ。

「どうした？　まさかもう降参か？」

違う、と首を振る槙弥の体を五辻はしっかりと腕の中に抱き込み、濡れた下腹にも構わずぴったり肌を合わせてくる。

好きな男に抱き締められるだけで、眩暈《めまい》がするほどの法悦を感じる。

槙弥は紘征の肩や首にたくさんキスをした。肌に唇を滑らせるだけでも気持ちが高揚する。もっとしたい、なんでもできるという心境になる。

今度は五辻が喘ぐ様を見たくなり、槙弥は大胆に五辻の下腹に手を伸ばした。

股間のものはいっそう張り詰め、硬度を増しているようだ。

これが欲しいと強く感じ、槙弥は五辻と体を入れ替えた。五辻も槙弥のするままに任せるつもりらしい。自分からもシーツに体を伸ばして横たわる。

五辻の上になった槙弥は、顔を下肢に埋め、質量と嵩《かさ》のある立派なものに唇を寄せた。

口を開いて頭の部分を含み込み、舌を絡ませる。

「……槙弥」

五辻が気持ちよさそうな声を出し、槙弥の髪を指で掻き交ぜた。頭皮を愛撫《あいぶ》されるのは心地いい。槙弥は五辻の指に気持ちよくされながら、自分も唇や舌で精一杯五辻が悦楽を味わえるように努めた。

指で竿を扱きながら唇も上下させる。

長さがあるため根本まで銜《くわ》え込むことはなかなかできなかったが、五辻は十分満足しているような吐息をつく。それを励みに、槙弥は顎が疲れるまで口淫し続けた。

先端の割れ目から苦み走った味の先走りが洩れ始めると、五辻は槙弥の口元に指をやり、

「もういい」

と切羽詰まった声でやめさせた。

「そろそろこいつをおまえの中に挿《い》れたい」

一度で離してやる気はないと、ついさっき宣告されたばかりだ。

槙弥はコクリと喉を鳴らし、素直にまた体勢を変えた。

再び五辻が上になり、槙弥は両足を大きく割り開かれた。

見上げると、五辻の端整な顔が真上にある。視線が至近距離でぶつかり合い、照れ臭さが生じる。

恥ずかしくなって目を逸《そ》らしかけたところに五辻が顔を近づけてきて、唇を塞がれた。

すぐに舌が滑り込んでくる。

「ふっ……ん、……んっ」

貪られるようなキスに意識を集中させていた槙弥は、腰の奥の秘めた窄《すぼ》まりにローションで滑りをよくした指が侵入してくるのに、ギリギリまで気づかなかった。

「……んんっ……、う……！」

ズズッと根本まで穿《うが》たれた一本の指に槙弥は悦びに満ちた呻きを上げた。深いキスの最中だ

ったため、ほとんどが声にならず、喉の奥に呑《の》み込まされる。

五辻の長い指は槙弥の狭い筒の中でポイントを外さず動き回った。抜き差しされるたび、淫《いん》猥《わい》な水音が響く。

「はっ……あ、あ、あっ」

気持ちがよすぎて一時もじっとしておられず、槙弥は唇を解放されるなり頭を左右に振り乱し、腰を揺らして身悶《みもだ》えた。

「い、挿れて――。欲しい、欲しい、紘征さん!」

指ではすぐに物足りなくなり、槙弥ははしたなくねだった。

五辻自身を奥まで受け入れたい。

槙弥の中を無理矢理拡《ひろ》げて突き進む感覚を思い出すだけで、頭の芯《しん》がくらくらし、全身が熱くなる。

五辻は槙弥の腰を両手で抱え上げ、シーツから僅《わず》かに浮かせると、濡れそぼった秘部の襞《ひだ》を己の先端で押し開き、そのままぐっと突き上げてきた。

「ああっ」

覚悟はしていても挿入の際の衝撃と刺激は大きい。そして淫靡だ。

圧倒的な嵩を持つもので繊細な内壁を思い切り擦り上げられ、奥深いところまで埋め込まれる感覚は、他では経験できないものだった。

「紘征さん、紘征さん」

槙弥は両腕を伸ばして紘征の首を抱き締め、譫言《うわごと》のように繰り返した。

「おまえの中、ひくついているぞ」

「ああっ、あっ」

意地の悪いことを教えられ、槙弥が赤面する間もなく五辻は腰を前後に揺らして槙弥を責めだした。

「絡んでくるのが自分でわかるか？」

「やっ、やめて……言わないで」

自分があまりにも節操がなくて淫乱なようで、槙弥は狼狽《うろた》えた。

「……やっぱり、今晩は寝かせてやれそうにないな」

五辻が愛《いと》しくてたまらなさそうに呟く。

そして、汗ばんだ額に何度もくちづけを落としてくれた。

五辻の深い、そして変わらない愛情がひしひしと身に沁《し》みる。

いったいこの数日間はなんだったのだろう。どうかしていたとしか思えない。

「ごめん、紘征さん。……勝手に、一人で空回りして……」

悦楽に翻弄《ほんろう》されながら切れ切れに謝ると、五辻は、

「そんなところもひっくるめて好きになったんだ」

と無愛想な振りをして、満たされ切った口調で答えてくれた。

「もっと動くぞ。しっかり受け止めろ」

前置きするなり五辻は逞《たくま》しい腰をいっそう激しく前後に動かし始めた。

最初小刻みだった動きが、容赦のない責めに変わる。慣れて柔らかく解《ほぐ》れてきていた槙弥の内側は、それでも嬉々《きき》として五辻を受け入れる。

「あああっ、う、うっ、う……！」

抜き差しされるたびに強烈な快感が生じ、槙弥は全身を震わせ、悶《もだ》えた。

肌と肌が強くぶつかり合う。湿った局部同士が擦れる淫猥な音がさらに二人の官能を高め、煽り立てるようだった。

「ああっ、……もう、もう！」

どうしよう、またイッてしまう――！

槙弥は五辻に縋りつき、広い背中に爪を立てた。

「いけよ」

五辻が深く奥を抉《えぐ》りながら槙弥を促す。

「いやだ。……今度は一緒に！」

「わかった」

立て続けに最奥を硬い先端で叩かれ、槙弥は抑えようのない嬌声《きょうせい》を上げ、互いの腹で擦られガチガチになっていたものから二度目の精を解き放つ。

「あぁあ……っ」

ほとんど同じタイミングで五辻も槙弥の中で熱い迸《ほとばし》りを吐き出したのがわかった。

他では得られない充足感に浸される。

「紘征さん！」

槙弥は無我夢中で五辻の唇を吸っていた。

荒げた息と息が絡みつく。

泣きたいほどの幸せを感じた。

甘い夜はまだ当分終わりそうにない。

5

本社ビル十二階のラウンジで一人隅のテーブル席に着き、紙コップに入れたコーヒーを飲みながら休憩していた槙弥は、

「ここいいかな?」

と突然向かいの椅子《いす》を引かれ、ハッとして伏せていた顔を上げた。

姫野が相変わらず食えない微笑を浮かべて立っている。

「構いませんけど、ここ禁煙席ですよ」

「たまには煙草《たばこ》も控えないとね」

姫野はなんでもないことのように返すと、槙弥の返事も待たずにさっさと座る。

なんだかすっかり姫野に気に入られてしまったようだ。

いったいどこがこの超エリートの関心を惹《ひ》いたのか不思議でならない。

変な感じ、と思いながら、槙弥はなんの気なしに姫野の左手に視線をやった。

「今日は指輪してるんですね」

「もちろんしているよ。きみ、僕の話を疑っていたの？」

「疑ってなんかいませんけど」

本当のことだったにもかかわらず、姫野は「ふうん」とあまり信じたふうでない声を出す。以前なら槙弥はたちまち、嫌な感じと思って不快になっていただろうが、この数日ですっかり姫野に対する認識が変わり、いちいち目くじらを立てることはなくなっていた。

一癖あるのは否めないが、姫野は意外と槙弥とも合うのかもしれない。少なくとも、姫野を前にしても最初から気兼ねして萎縮《いしゅく》することはなかった。そのことが姫野は一番新鮮だったようだ。超エリートというからには、それなりにやはり遠巻きにされることも多いだろう。妬みや嫉《ねた》みも受けて当然だ。その点、篠崎一門の御曹司《おんぞうし》、御曹司と言われ続けてきた槙弥と共通する部分はある。

「一皮剝《む》けたいい顔をしているけど、昨晩あれから何かいいことでもあった？」

あった。――だが、それをここで姫野に教える義理はないため、槙弥は適当に笑ってごまかした。昨晩の熱くて淫らな交歓を反芻《はんすう》すると、また体中がじんと痺《しび》れそうだ。会社でそれは不謹慎すぎる。

「姫野所長こそ、ひどく愉しげな顔されてますよ」

質問に答える代わりに、槙弥の方からも姫野に突っ込んだ。実際、姫野は清々《すがすが》しげな、幸せに満ちた表情をしていた。

「さぁ?」

姫野の返事も曖昧《あいまい》にごまかしたものだった。さっき槙弥がはぐらかしたので、その仕返しなのだろう。

それでも姫野の白い顔中に浮いた幸福感は消えない。

槙弥は、きっと今自分もこんな顔をしているに違いないと思い、密《ひそ》かにはにかんだ。

あとがき

キャラ文庫では「はじめまして」になります遠野春日《とおのはるひ》です。

このたびは「眠らぬ夜のギムレット」をお手にとってくださいまして、どうもありがとうございます。表題作は昨年11月に発売されました雑誌「小説Chara」に掲載していただいたものです。今回、文庫化していただくにあたり、その後の二人の様子を描いた続編を書き下ろさせていただきました。

書き下ろしには、姫野《ひめの》という新たなキャラクターが登場します。美貌で超エリートでたぶん誘い受けの彼、『BLUE』の青木《あおき》共々、脇に花を添えてくれる存在になりそうで、早くも私の頭の中には次の作品の構想が固まりつつあります。

今年の11月に発売されます雑誌にて、このシリーズの続きを書かせていただく予定ですので、併せてお読みいただければ光栄です。皆様に少しでも楽しんでいただける作品をお届けできるよう、今後ともがんばります。

雑誌掲載時からイラストは沖麻実也《おきまみや》先生にお世話になっております。いつも素敵なイラストをつけていただきまして感激しております。お忙しい中、本当にありがとうございました。次もまたどうぞよろしくお願いいたします。

ご意見・ご感想等ありましたら、ぜひ編集部経由にてお寄せくださいませ。すべて大切に読ませていただき、参考にさせていただきます。

また、インターネットに公式サイトがありますので、よろしければそちらも覗いてみてやってくださいませ。近況報告や商業活動のご案内等、最新の情報をお届けしております。

URLは http://www.t-haruhi.com です。

よろしくお願いいたします。

さて、そして実は、もう一つお知らせできることがあります。

この「眠らぬ夜のギムレット」は、私の初キャラ作品でもあるのですが、なんだかとっても恵まれた作品で、10月にはムービックさんよりドラマCD化される予定になっております。音の世界で再構築される「ギムレット」、ぜひぜひこちらもご期待くださいませ。どんなふうになるのか、私自身とても楽しみです。

文末になりましたが、この本の制作に関わっていただきましたスタッフの皆様に厚くお礼申し上げます。どうもありがとうございました。今後ともよろしくご指導いただければ幸いです。

それではまたお会いできますことを祈りつつ。

遠野春日拝

この本を読んでのご意見、ご感想を編集部までお寄せください。
《あて先》〒105－8055　東京都港区芝大門2－2－1　徳間書店　キャラ編集部気付
「眠らぬ夜のギムレット」係